BIBLIOTHÈQUE

DE LA PLÉIADE

I

1. *Nature morte avec masque*, par Hendrick Andriessen, XVIIe siècle. Huile sur toile.

Album Molière

ICONOGRAPHIE
CHOISIE ET COMMENTÉE
PAR FRANÇOIS REY

nrf

GALLIMARD

AVANT-PROPOS

Rois et reines mis à part, peu de Français de l'ère pré-photographique ont été aussi abondamment portraiturés de leur vivant que Molière ; aucune œuvre, aussi richement et diversement illustrée au cours des siècles, sur le papier ou sur les planches. Le cinéma a élargi la scène et multiplié les visages. La ritualisation de la vie culturelle a vidé de substance les hommages rendus au génie. Dans l'imagerie — faut-il parler d'iconolâtrie ? — républicaine, il y a beau temps que Molière a rejoint Marianne. Cet homme dont nous parlerions la langue et dont les combats, contre l'hypocrisie, l'intolérance et le pédantisme, seraient toujours les nôtres, ce saint laïque objet d'une dévotion stérilisante, peut-on encore « *l'aimer sincèrement et de tout son cœur* », comme Sainte-Beuve le prescrivait il y a cent cinquante ans en correctif aux divers fanatismes ? Il semble que oui, et chaque mise en scène réussie d'une de ses pièces permet de le vérifier. On peut aussi — depuis trois lustres j'en fais l'expérience heureuse — tenter de le retrouver sous l'océan des commentaires, en deçà des lectures et des relectures, chercher sa présence, parfois la deviner, dans le tohu-bohu du Paris de son temps, entendre sa voix dans la cacophonie des textes et le brouhaha des discours. Il faut pour cela se heurter à lui, s'emporter contre lui, s'en détourner pour revenir à lui, et accepter de dialoguer, non plus avec le «*parfaitement honnête homme*» célébré par son camarade La Grange, mais avec l'ambitieux, le courtisan, l'amoureux de soi-même, le polémiste injuste, bref, avec l'homme de passion. On se rend compte alors que ce grand autre, cet étranger, est devenu un intime et comme votre ami.

REMERCIEMENTS

Mes premiers remerciements vont à Anne Egger et Jean-Pierre Dauphin, qui m'ont, avec une infinie patience, accompagné dans cette trop courte promenade, où M. Hugues Pradier m'avait généreusement engagé. D'autres vont à Geneviève Laroque, Dominique Miollan, Simonne et Jean Lacouture, mes lecteurs attentifs et bienveillants. J'aurais garde d'oublier MM. Bourqui, Caldicott et Forestier, qui ont arraché ma recherche à la solitude où elle semblait condamnée, et le défunt John Cairncross, leur collègue, haute et belle figure d'une époque révolue.

J'ai été très sensible à l'enthousiasme de Jacques Lorcey, qui nous a généreusement ouvert ses archives, à la patience de Mélanie Petetin lors des recherches à la Bibliothèque de la *Comédie-Française*, à la généreuse attention de Marie-France Bois-Delatte, conservatrice de la bibliothèque municipale de Grenoble, et au concours de Claire Stoullig, conservatrice du musée des Beaux-Arts de Nancy.

Enfin, je demande merci à M. de Molière pour les quelques insolences que je me suis permises à son endroit.

2

2-3. Mascarons du Pont-Neuf, XVIe siècle. Sculptures sur pierre.

3

Double page suivante :
4. *Crispin et Scapin*, par Honoré Daumier, vers 1864. Huile sur toile.

5

5. Les personnages du *Malade imaginaire* en ombres chinoises, XXe siècle.

Malade imaginaire.
N° 10.
Toinette.
Béline.
Angélique.
Cléante.
Docteurs.
Apothicaires.
Zéphirs.
Berger et Bergère.
Fabrique de PELLERIN, et Cie Imp-Libraires à ÉPINAL.

Le sieur Molière, ou de Molière, tapissier valet de chambre du roi, acteur inimitable et auteur de comédies pleines de fine raillerie, dont la bière, portée par quatre prêtres, fut suivie, un soir de l'hiver 1673, par une « *foule de peuple* », de la rue de Richelieu, où il était mort, jusqu'au cimetière Saint-Joseph, dans la rue Montmartre, où on l'enterra au pied de la croix, avait vu le jour plus bas vers la Seine, dans la rue Saint-Honoré, au seuil de l'année 1622, Louis XIII régnant.

La France, dix-huit millions d'âmes, est alors l'État le plus peuplé d'Europe. Depuis le traité de Vervins, signé en 1598 entre Henri IV et Philippe II d'Espagne, elle vit en paix avec ses voisins. La promulgation presque simultanée de l'édit de Nantes avait mis un terme à trente-deux années de guerres de Religion, mais les hostilités viennent de reprendre. Elles cesseront, définitivement cette fois, en 1629, avec la prise de La Rochelle et l'édit de grâce d'Alès. Ce sera alors la longue marche vers la révocation.

Avec ses quelque 400 000 habitants, Paris l'emporte de loin sur Naples et Londres, ses suivantes. Il en a coûté, on le sait, une messe au roi Henri pour y faire son entrée en 1594. Depuis, la ville n'a connu ni siège ni guerre civile. Fortifications en ruine, rues fangeuses et bruyantes, dénuées d'égouts et de trottoirs, air méphitique, ponts croulant sous les immeubles qui les accablent, fau-

6

7

8

Double page précédente :
6. *La Mort de Molière*, par Henri Allouard, XIXe siècle. Sculpture sur pierre, présentée à l'Exposition universelle de Paris en 1889.

7. *Entrée triomphale d'Henri IV à Paris le 22 mars 1594 par la porte Neuve*, école française, 1637. Huile sur toile.

8. *Vue générale de Paris au XVIIe siècle*, école française. Estampe en couleurs.

9. *Place Royale à Paris en avril 1612, lors du mariage de Louis XIII et d'Anne d'Autriche*, école française. Estampe en couleurs.

bourgs proliférants, hautes et étroites maisons à colombages et encorbellement, belles églises, beaux palais, belles places — Royale, Dauphine —, beaux hôtels de pierre blanche, ce « *résumé du monde* », qui, selon la saisissante formule d'un historien, « *plonge ses assises dans le magma sans cesse accru de ses déjections* », n'en fait pas moins l'admiration des visiteurs étrangers, quand ils découvrent ses tours et ses clochers des hauteurs de Montmartre ou de Passy.

9

10. Buste de Louis XIII, atelier de Justus van Egmont, XVIIe siècle. Huile sur toile.

11. René Descartes à la cour de Christine de Suède, par Pierre-Louis Dumesnil le Jeune, XVIIIe siècle. Huile sur toile.

1622. Quatre ans déjà que le jeune roi a pris le pouvoir en faisant assassiner Concino Concini, favori de sa mère Marie de Médicis. Armand du Plessis de Richelieu, évêque de Luçon et bientôt cardinal, est à trente mois de devenir son premier ministre.

Montaigne est mort depuis trente ans, Cervantès et Shakespeare depuis moins de six, à vingt-quatre heures de distance. Le 9 février 1619, à Toulouse, le bourreau a arraché la langue au moine-philosophe Giulio Cesare Vanini, convaincu d'athéisme. Il a ensuite été brûlé vif et ses cendres jetées au vent sur la place du Salin. À neuf mois de là, rempli d'enthousiasme, le jeune René Descartes a « *trouvé le fondement d'une science admirable* ».

10

11

12

12. Buste de William Shakespeare, par Louis-François Roubiliac, XVIIIe siècle. Terre cuite.

Au cours de l'automne 1622, peu avant qu'une attaque d'apoplexie n'emporte le vénérable François de Sales, auteur de l'*Introduction à la vie dévote*, est mis en vente à Paris *Le Parnasse satyrique*, recueil de pièces libres dont l'un des contributeurs, Théophile de Viau, qui signe le sonnet d'ouverture : « *Philis, tout est foutu, je meurs de la vérole...* », est sans doute le meilleur poète du siècle. Le livre sera brûlé en place de Grève et, au terme d'un procès retentissant, conduira Théophile à deux doigts du bûcher. Il aura donné occasion au jésuite François Garasse de fourbir sa *Doctrine curieuse des beaux esprits de ce temps ou prétendus tels*, volumineux appel au meurtre plein de verve et de truculente érudition.

Lecteur de Théophile... et de Garasse, chez qui il a pu rencontrer ce mot d'*obscénité*, « *le plus joli du monde* », dont s'enchanteront ses marquises, Molière est, à quelques mois ou années près, le contemporain de Cyrano de Bergerac, de Pascal, de La Fontaine, de Furetière, de Tallemant des Réaux, de Bussy-Rabutin, ses collègues de plume, et de quelques grandes figures du siècle : Jean-Baptiste Colbert, Louis II de Bourbon, prince de Condé, le Père de La Chaise et Ninon de Lenclos. Quand il vient au monde, ceux qui seront, sinon ses maîtres — s'en reconnut-il jamais un ? — du moins ses auteurs de prédilection, les Tristan L'Hermite, Corneille, Rotrou, Scarron, n'ont encore rien donné au théâtre.

13. Page de titre de *La Doctrine curieuse des beaux esprits de ce temps ou prétendus tels*, par François Garasse, 1623.

14. *Paul Scarron*, école française, XVIIe siècle. Huile sur toile.

LA
DOCTRINE
CVRIEVSE
DES BEAVX ESPRITS
DE CE TEMPS,
OV PRETENDVS TELS.
COMBATTVE ET RENVERSEE PAR LE
A PARIS,
M. DC XXIII.

13

14

15

16

17

15. Intérieur d'une boutique de tapissier, par Robert Bénard, d'après Radel. Gravure tirée de l'*Encyclopédie* de Diderot et d'Alembert, 1751-1781.

16. Femme jouant du luth, école française, XVIIe siècle. Encre, pierre noire et sanguine.

17. *Le Mois de mars*, d'après un carton de Charles Le Brun, XVIIe siècle. Détail d'une tapisserie des Gobelins.

18. Rideau d'avant-scène de *L'Amour médecin*, par Émile Bertin, 1920 [mise en scène de Georges Berr]. Aquarelle.

18

Molière est né dans une famille socialement homogène. Ses deux grands-pères tiennent commerce de meubles et de tapisseries à vingt pas l'un de l'autre dans le quartier des Halles. Commerce florissant, profession d'avenir. Les Parisiens tant soit peu fortunés sont grands amateurs de tapisseries. « *Si j'étais en votre place*, suggère M. Guillaume au Sganarelle de *L'Amour médecin*, tourneboulé de voir sa fille dépérir de mélancolie, *j'achèterais une belle tenture de tapisserie de verdure ou à personnages, que je ferais mettre à sa chambre, pour lui réjouir l'esprit et la vue.* »

Jean Poquelin, le grand-père paternel, est né à Beauvais, berceau de tous les Poquelin de la capitale. Venu faire son apprentissage à Paris, il y a épousé Agnès Mazuel, fille, sœur, nièce et tante de joueurs d'instruments (outre le violon, son père pratiquait le cornet, le luth, la guitare et la flûte !) Maîtresse femme, cette Agnès, qui régente une nombreuse maisonnée tout en exerçant son métier de toilière-lingère. Elle survivra dix-huit ans à son mari, mort en 1626, et aura ainsi la possibilité d'entendre leur petit-fils, réprimant enfin son habituel hoquet, faire tonner l'alexandrin sur la scène de l'Illustre Théâtre.

L'autre grand-père, Louis Cressé, compte plusieurs générations d'ancêtres bourgeois de Paris. L'imagerie moliéresque a reconnu en lui le « *bon homme* », dont le sieur de Grimarest

19

20

19. Frontispice de la traduction néerlandaise de *La Vie de M. de Molière*, par Grimarest, 1705.

20. Molière enfant conduit à la foire Saint-Germain par son grand-père, par Victor A. Poirzon, XIXe siècle. Gravure.

entretiendra, en 1705, les lecteurs attendris de sa *Vie de M. de Molière*, qui, en menant à l'*Hôtel de Bourgogne* ce petit-fils qu'il « *aimait éperdument* », « *lui fit naître du dégoût pour la profession de tapissier* » et, partant, l'envie d'étudier. Voire.

Jean II, le père, âgé de vingt-six ans en 1622, est lui aussi marchand tapissier, depuis peu établi à son compte. En juillet 1620, quittant la maison paternelle de la rue de la Lingerie, il a loué, à l'angle oriental des rues Saint-Honoré et des Vieilles-Étuves (aujourd'hui Sauval), la maison dite du *Pavillon des Singes*, parce qu'elle s'orne d'un magnifique poteau cornier représentant un oranger le long duquel grimpe une troupe de jeunes singes. Molière y passera les vingt premières années de sa vie. Démolie en 1802 pour cause de vétusté (on lui donnait six siècles d'âge), elle fut remplacée par une construction plus étroite et de moindre allure, mais on l'aperçoit encore à l'arrière-plan d'une superbe fresque historique que le peintre François-André Vincent exécuta en 1779.

Le 27 avril 1621, Jean II Poquelin a épousé Marie Cressé, vingt ans, dont l'inventaire dressé après sa mort laisse à imaginer une jeune femme élégante et délicate. Tout de suite elle a été enceinte. L'enfant, un garçon, naît avec un peu d'avance autour du 10 janvier suivant. Le 15, il est tenu sur les fonts de Saint-Eustache par

21

21. Église Saint-Eustache, Paris.

22. Le *Pavillon des Singes* apparaît au second plan du tableau *Le Président Molé saisi par les factieux au temps de la Fronde*, par François-André Vincent, 1779. Huile sur toile.

22

23

son grand-père paternel, qui lui donne son nom, Jean (Jean-Baptiste apparaît pour la première fois en 1643, dans l'acte de fondation de l'Illustre Théâtre).

Jean II fera à Marie cinq autres enfants en six ans, puis, après une rémission de quatre années, elle mourra, sans doute épuisée, enlaidie peut-être (il n'est, pour s'en convaincre, que de lire les pages terribles que l'historienne Claude Dulong consacre à la grossesse et à l'accouchement dans sa *Vie quotidienne des femmes au Grand Siècle*).

Pauvres femmes, fallait-il que leur dette fût lourde ! « *C'est un siècle étrange que le nôtre !* », soupire le vieillard Anselme dans *L'Étourdi*,

Les dettes aujourd'hui, quelque soin qu'on emploie,
Sont comme les enfants que l'on conçoit en joie
Et dont avecque peine on fait l'accouchement...
C'est lors que les douleurs commencent à nous prendre...

24

25

Marie Cressé sera inhumée, le 11 mai 1632, au cimetière des Innocents. Le bout de l'an passé, son veuf épousera Catherine Fleurette, fille d'Eustache, maître sellier-lormier. Deux enfants naîtront en deux ans, puis à son tour elle mourra, en septembre 1636, en mettant au monde le troisième. Devant un tel décompte, et encore qu'il n'ait rien d'exceptionnel pour l'époque, il y a quelque indécence à se demander, comme l'ont fait tant de biographes du passé, si Marie et Catherine Poquelin ont été de bonnes mère et belle-mère, quel amour le petit Molière a reçu d'elles et ce que les Elmire, Philaminte, Béline et autres Mme Jourdain doivent à ces monuments de souffrance.

De l'enfance et de la première jeunesse de Molière, nous ne pouvons rien dire qui ne pourrait être dit de tous les fils de la bourgeoisie commerçante du temps. Tous voyaient chaque jour la boutique paternelle emplie de la même clientèle de courtisans ; tous, le travail fini, couraient

23. *Farces dans les rues de Paris*, école française, XVIIe siècle. Gouache.

24. Frontispice et page de titre de *L'Étourdi ou les Contretemps*, 1694. Gravure de Jacques Harrewyn.

25. *Le Cimetière des Innocents*, par Israël Silvestre, XVIIe siècle. Détail d'une gravure.

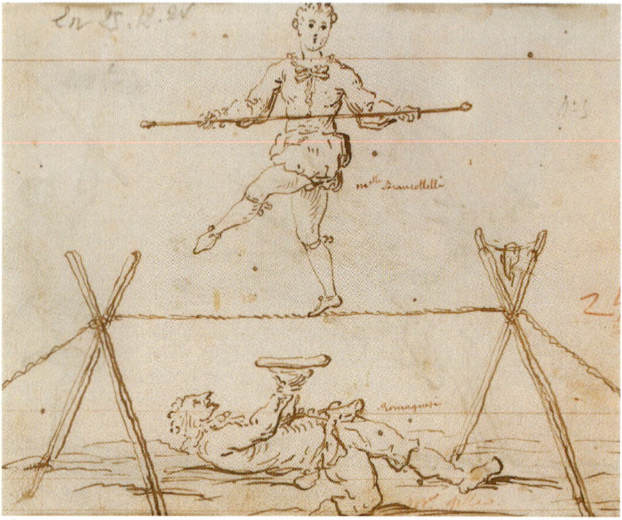

26

27

28

au Pont-Neuf, encore dans sa nouveauté (les travaux d'achèvement dataient de juillet 1606), pour écouter les farceurs, les vendeurs d'orviétan, les arracheurs de dents, et regarder passer, dans une cohue de piétons et de chevaux, les processions, les cortèges princiers et l'interminable train des ambassadeurs.

Si peu que nous sachions, pourtant, nous avons une connaissance précise du quartier où il a grandi, l'un des plus animés du Paris d'alors. Sa topographie, sinon sa sociologie, n'a pour ainsi dire pas changé. La rue de l'Arbre-Sec, qui menait au Pont-Neuf en passant derrière l'église Saint-Germain-l'Auxerrois, est toujours quasiment dans l'alignement de la ci-devant

26. Funambule et mendiant, par Gilles Allou, XVIIe siècle. Encre et sanguine.

27. Le Pont-Neuf de Paris, par Hendrick Mommers, 1665. Huile sur toile.

28. Molière interprété par Julien Courbey dans *Jean de La Fontaine*, film de Daniel Vigne, 2007.

29

29. Exécution à la Croix-du-Trahoir le 16 novembre 1650. Illustration tirée de l'*Histoire mémorable et véritable récit de l'assassinat du baron de Saint-Églan*, 1650.

30. Supplice de Brunehault, par le Maître de la Cité des Dames, vers 1415. Enluminure.

rue des Vieilles-Étuves et forme toujours, en s'évasant sur la rue Saint-Honoré, la placette curieusement nommée Carrefour de la Croix-du-Trahoir (ou du Tiroir), sur laquelle donnaient les fenêtres du *Pavillon des Singes*. Quand Molière était enfant, on racontait que huit siècles en arrière la reine Brunehault y avait été *tirée* à quatre chevaux. En fait, on y avait jadis *trié* les bêtes de boucherie. Une

30

grande croix de pierre ronde dominait l'endroit, dressée sur une fontaine publique, elle-même adossée à une maison d'angle qui faisait face au *Pavillon des Singes*.

« *Carrefour bruyant*, écrit un biographe ; *des cabarets et des boutiques très achalandés, un va-et-vient continuel d'oisifs et d'acheteurs, de badauds et de gens affairés. La place était bonne pour l'éducation d'un futur poète comique.* » Assurément. Mais depuis le haut Moyen Âge ce carrefour était aussi l'un des principaux lieux patibulaires de la capitale. Plusieurs fois l'an, voire le mois, devant des foules rassemblées pour un rituel qui tenait du spectacle, de la fête et du cérémonial, on y pendait, on y rouait, on y décapitait, on y essorillait les valets « *indélicats* », on y livrait aux flammes, après les avoir lacérés, les livres condamnés par les autorités civiles ou religieuses. Jusqu'en 1535 on y avait également brûlé des hommes. Le 21 janvier de cette année-là, trois protestants néophytes, accusés de complicité dans l'affaire des Placards, étaient morts sur le dernier bûcher. L'un d'eux, Audebert Valeton, était l'aïeul au cinquième degré de Savinien de Cyrano, hérétique d'une autre farine, né trois ans avant Molière dans la rue voisine des Prouvaires.

31. Arrestation et exécution du maréchal d'Ancre [Concino Concini], *24 avril 1617, dans la cour du Louvre*, par Frans Hogenberg, XVIIe siècle. Eau-forte.

31

Ainsi, avant d'occuper le devant de la scène, l'inventeur d'Alceste et de Sganarelle a été pendant vingt ans aux premières loges du théâtre constamment changeant de la rue. La propriétaire de son père le savait bien, qui, dans le bail de 1620, avait imposé une clause stipulant que la chambre du premier étage du *Pavillon des Singes* devait lui être temporairement prêtée, ainsi qu'à ses enfants, s'il se faisait « *quelques triomphes, justices, enterrements, pompes funèbres et autres magnificences passant par la rue Saint-Honoré* ». Par justice, entendons toute forme de supplice. Peut-être est-ce d'avoir vu et entendu tant de frères humains hurler, râler et expirer sous ses yeux, qui a donné à Molière sa fameuse « *mâle gaieté si triste et si profonde* » et fait de lui le « *bouffon trop sérieux* » qu'épinglera en 1660 l'auteur de *La Pompe funèbre de Mr. Scarron.*

Outre celle de la rue, il a dû fréquenter l'une des nombreuses « petites écoles » de Paris, qui étaient placées sous l'autorité du chantre de Notre-Dame. Là, des maîtres au savoir parfois incertain enseignaient à une flopée d'enfants de tous âges la lecture du français et du latin, l'écriture, le calcul, le plain-chant et la piété. Les meilleurs élèves pouvaient même y recevoir, des meilleurs parmi les maîtres, une véritable initiation au grec. Formation, on le voit, suffisante à la pratique du commerce du mobilier et de la tapisserie, auquel tout destinait Molière.

32. Molière en saint Jean-Baptiste tenant un Don Juan, école française, XVIIe siècle. Gouache sur vélin.

32

33

LE MAISTRE D'ESCOLE.
Cet habile Maistre d'Escole,
Accoustumé parmi le bruit,
Que font les Enfans qu'il instruit,
Joint les verges à la parolle.
Les vns d'vne estrange façon
Aprehendent la discipline ;
Et semble pleurer à leur mine,
Quand ils aprennent leur leçon.
Mais les autres tout au contraire,
Par vn folastre sentiment,
N'ont l'Esprit qu'au jeu seulement
Dont ils ne peuuent se distraire.
Toy qui te mocques de leurs jeux,
Scache qu'ils sont pleins d'innocence;
Et souuien-toy qu'en ton Enfance;
Tu cherchois à faire comme eux.

34

Tout et avant tout la volonté de son père, qui, en 1637, lui a fait obtenir la survivance de sa charge de « *tapissier valet de chambre du roi* ». Une charge que ses détenteurs n'exercent que trois mois par an, lorsqu'ils sont « *en quartier* », mais qui exige d'eux un vrai métier. Tenus d'aider chaque matin les valets de chambre ordinaires à faire le lit du roi, ils confectionnent les meubles, rideaux, garnitures de lits et de sièges des maisons royales, et ont la charge du mobilier qui suit la cour dans ses déplacements en province.

Se pose ici l'épineuse question des études secondaires. Nonobstant l'exercice de sa charge, Molière a-t-il été l'élève des jésuites, comme l'écrira un demi-siècle plus tard son camarade et premier biographe Charles Varlet de La Grange ? A-t-il côtoyé, dans leur prestigieux collège de Clermont

33. *Quai et pont de la Tournelle, Paris*, par Theodor Dirck Matham, vers 1646. Huile sur toile.

34. *Le Maistre d'Escole*, par Abraham Bosse, vers 1638. Estampe.

35. *Collège de Clermont*, par Étienne Martellange, 1638. Crayon.

35

(l'actuel lycée Louis-le-Grand), Armand de Bourbon, prince de Conti, son cadet de sept ans, qui sera plus tard le protecteur de sa troupe ? Pendant longtemps les biographes n'ont pas fait difficulté de l'admettre. Malgré les contradictions de son récit, l'honnêteté du « fidèle » La Grange leur était une caution suffisante. Certains aujourd'hui en doutent et, à l'instar de Roger Duchêne, vont jusqu'à formuler, non sans quelques solides raisons, l'hypothèse d'un Molière autodidacte.

36. Portrait de Molière par Adolphe Lalauze. Frontispice et page de titre des *Points obscurs de la vie de Molière*, par Jules Loiseleur, 1877.

37. Costume de Silène, pour *Psyché*, par Henry Gissey, 1671.

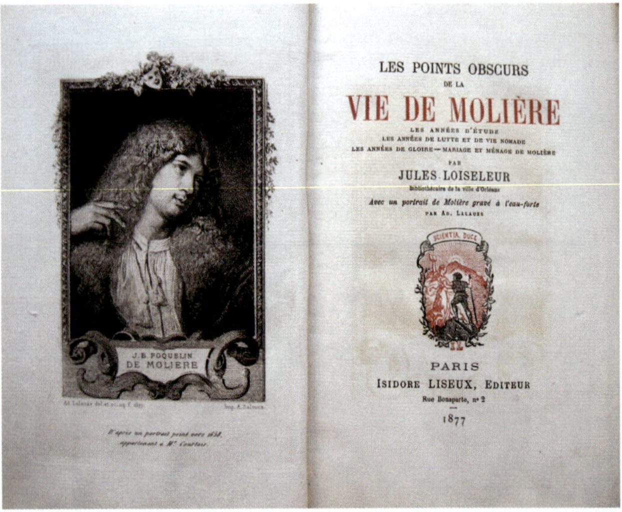

36

38

À l'enseignement des jésuites, Grimarest ajoute les leçons que le chanoine Pierre Gassendi, philosophe, mathématicien et astronome de renom, arrivé à Paris en février 1641, aurait dispensées à plusieurs familiers de la maison de François Luillier son hôte. C'est une des questions les plus passionnantes posées par la vie de Molière. Le jeune homme, dont La Grange nous assure qu'« *il fut fort bon humaniste* [et] *devint encore plus grand philosophe* », a-t-il, avant de faire le choix du

39

38. Pierre Gassendi, d'après François Chauveau, XVIIe siècle. Estampe.

39. « L'Illustre Théâtre » de Molière, jeu de société inventé par Robert Manuel, Éd. Nathan, vers 1975-1980.

40. Cyrano de Bergerac, d'après Zacharie Heince, XVIIe siècle. Estampe.

41. Farceurs dansants, par Pieter Janz Quast, XVIIe siècle. Huile sur panneau.

théâtre, vers 1642, fréquenté les tenants d'une pensée affranchie du dogme chrétien, voire de toute spiritualité ? A-t-il suivi l'enseignement du principal contradicteur de Descartes, qui, en réhabilitant Épicure, ouvrait la voie à une redécouverte du matérialisme antique ? A-t-il pu avoir connaissance de son œuvre, tout entière rédigée dans un latin rocailleux ? Enfin, s'est-il, vers le même temps, lié d'amitié avec Cyrano et son ami Chapelle, deux des athées les mieux avérés de l'époque ?

40

42

43

42. La troupe de l'Illustre Théâtre, dans *Molière*, film de Laurent Tirard, 2007.

Sur ces questions, trois siècles de recherches n'ont rien apporté de solide. Aucun document nouveau n'est venu corroborer ce que Grimarest avançait en 1705 dans l'évident dessein de « justifier » les emprunts faits par l'auteur des *Fourberies de Scapin* à celui du *Pédant joué*. Le goût du théâtre étant partagé par tous les jeunes gens des années 1630-1640, on ne peut exclure que ces deux-là se soient trouvés côte à côte au parterre d'une même salle. Cela n'en fait pas encore des amis. Cyrano aura l'occasion, en 1644 et 1645, de voir son cadet sur les planches de l'Illustre Théâtre. Il n'en a rien fait savoir.

Que le jeune Poquelin ait été ou non l'élève des bons pères, qu'il ait ou non étudié la philosophie, puis le droit, comme l'écrit encore La Grange, dans tous les cas ses études étaient achevées, ou bien il les interrompit, autour de sa vingtième année, pour se lancer dans le théâtre.

43. Couverture de *Dom Juan*. Paris, Bordas, 1967.

44. Fernandel dans le rôle de Sganarelle, par Jan Mara, 1955. Gouache.

44

Tout donne à penser que pour Molière la comédie a pris très tôt le visage de Madeleine Béjart. Belle, libre et cultivée, elle était son aînée de quatre ans. Elle habitait alors le Marais, avec ou non loin de sa mère, Marie Hervé, et de ses frères et sœur, Joseph, Geneviève et Louis, qui seront ses camarades de scène. Ayant partagé pendant quelque temps la vie d'un noble provençal en rupture de ménage, Esprit de Rémond, comte de Modène, chambellan de Gaston d'Orléans et compagnon d'armes de l'extravagant duc Henri de Guise (petit-fils du Balafré), elle avait eu de lui en 1638 une fille prénommée Françoise, que le poète Jean-Baptiste L'Hermite (frère de Tristan l'auteur du *Page disgracié*), oncle par alliance de la mère et protégé du père, avait tenue sur les fonts de Saint-Eustache. Vers 1705, Esprit-Madeleine Poquelin, unique enfant survivant de Molière, confiera à son ami Grimarest que feue Armande Béjart, sa mère, était la fille de Madeleine et d'Esprit de Modène, ce que viendront démentir, en apparence du moins, divers documents découverts au début du XIXe siècle. L'acte de naissance d'Armande n'ayant pas été retrouvé, sa véritable identité continue, on le sait, de diviser les historiens et les biographes.

45. Madeleine Béjart en Madelon dans *Les Précieuses ridicules*, anonyme, après 1659. Huile sur marbre.

45

Très jeune, Madeleine avait été mêlée à la vie théâtrale. Qu'elle eût tâté des planches, on ne saurait l'affirmer. Mais ses cousins Julien et François Bedeau, comédiens depuis le début des années 1630 sous les noms de Jodelet et L'Espy, qui tous deux finiront leur carrière dans la Troupe de Monsieur, en 1660, avaient pu lui donner accès aux salles où ils se produisaient. Elle fréquentait de surcroît plusieurs officiers de maisons princières et avait des amitiés parmi les auteurs en vogue.

Comment Molière et elle s'étaient-ils rencontrés ? On l'ignore, et ici, au fond, les hypothèses importent peu.

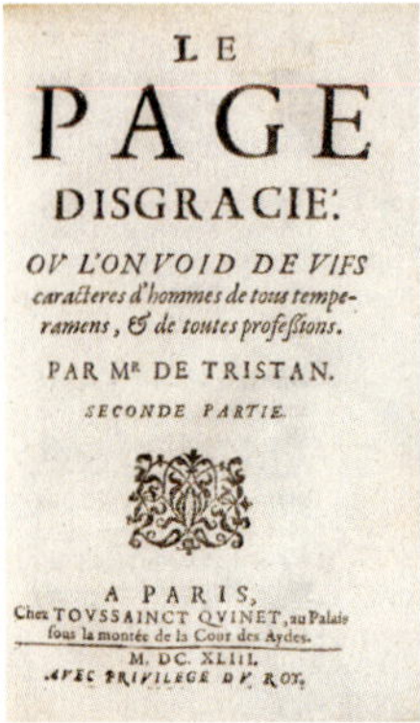

LE
PAGE
DISGRACIE'.
OV L'ON VOID DE VIFS
caracteres d'hommes de tous temperamens, & de toutes professions.
PAR Mr DE TRISTAN.
SECONDE PARTIE.

A PARIS,
Chez TOVSSAINCT QVINET, au Palais
sous la montée de la Cour des Aydes.
M. DC. XLIII.
AVEC PRIVILEGE DV ROY.

46

47

48

46. Page de titre du *Page disgracié*, par Tristan L'Hermite, 1643.

47. L'acteur Jodelet, *alias* Julien Bedeau, anonyme, XVIIe siècle. Estampe.

Pas davantage il n'importe de savoir si le futur « *Roscius français* » a réellement entamé sa prodigieuse carrière sur le Pont-Neuf et la place Dauphine, en avalant des vipères pour le compte de deux fameux « *opérateurs* » qui y tenaient tréteaux. C'est en tout cas ce qu'écrira plus tard un des « ennemis » de Molière les mieux informés, dit-on, de sa jeunesse, Charles Le Boulanger de Chalussay, dans sa comédie d'*Élomire hypocondre*. Et Louis Jouvet de commenter, mi-crâne mi-grondeur : « *Oui, nous avons commencé par faire la parade et jouer des farces sur les tréteaux du commerce pharmaceutique, et on en reviendra peut-être là,*

48. Charlatans sur les tréteaux de la place Dauphine, anonyme, XVIIe siècle. Estampe.

49. Page de titre d'*Élomire hypocondre ou les Médecins vengez*, par Le Boulanger de Chalussay, 1670.

ELOMIRE
HYPOCONDRE,
OV
LES MEDECINS
VENGEZ.
COMEDIE.
Par Monsieur le BOVLANGER
de CHALVSSAY.

A PARIS,
chez CHARLES DE SERCY au Palais,
au sixiéme pillier de la Grand' Salle,
à la bonne Foy Couronnée.
M. DC. LXX.

49

50

51

50. Molière et Madeleine Béjart en *Mars et Vénus*, par Nicolas Mignard, 1658. Huile sur toile.

51. *Les Premiers Comédiens de l'*Hôtel de Bourgogne, *Turlupin, Gaultier-Garguille et Gros-Guillaume*, d'après Abraham Bosse, XVIIe siècle. Fac-similé d'une gravure.

au jour où [...] *nous n'aurons plus d'autres ressources pour faire vivre une troupe que de devenir l'instrument publicitaire de telle ou telle firme commerciale.* »

Une chose au moins semble certaine, cautionnée par les témoignages de Tallemant et de Boileau : le tapissier du roi en survivance fut amoureux de cette jolie rousse au bagage déjà riche et ils décidèrent de fonder une troupe. Prise dans le courant de l'année 1642, leur décision intervenait quelques mois après un événement majeur de l'histoire du théâtre en France : la déclaration du 16 avril 1641, par laquelle Louis XIII levait l'« *infamie* » qui pesait sur le métier d'acteur et traçait le cadre à l'intérieur duquel il pouvait être exercé sans déshonneur. « *En cas*, précisait le roi, *que les comédiens règlent tellement les actions du théâtre qu'elles soient du tout exemptes d'impureté, nous voulons que leur exercice, qui peut innocemment divertir nos peuples de diverses occupations mauvaises, ne puisse leur être imputé à blâme, ni préjudicier à leur réputation dans le commerce public.* » On ne peut être plus politique.

C'était l'aboutissement d'une évolution amorcée deux décennies plus tôt avec la naissance des salons littéraires, le progressif effacement des « farceurs » — Tabarin, Bruscambille, Gaultier-Garguille, Turlupin, Gros-Guillaume — qui avaient fait communier dans un même rire le peuple et la cour, et l'arrivée d'une génération de jeunes dramaturges pensionnés

52. Déclaration du Roy Louis XIII au sujet des comédiens, 16 avril 1641.

53. Frontispice de *L'Enfer burlesque*, par Charles Jaulnay, 1677.

54. Parmi les représentations favorisées par Richelieu, *L'Illusion comique* de Pierre Corneille. Page de titre d'une édition de 1653.

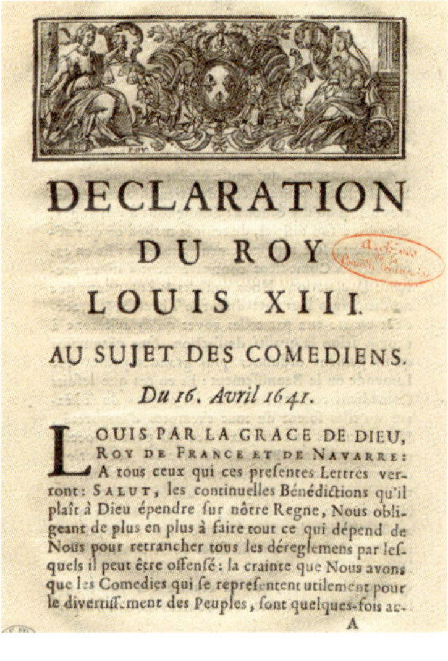

DECLARATION
DU ROY
LOUIS XIII.
AU SUJET DES COMEDIENS.
Du 16. Avril 1641.

LOUIS PAR LA GRACE DE DIEU, ROY DE FRANCE ET DE NAVARRE: A tous ceux qui ces preſentes Lettres verront: SALUT, les continuelles Bénédictions qu'il plaît à Dieu épendre ſur nôtre Regne, Nous obligeant de plus en plus à faire tout ce qui dépend de Nous pour retrancher tous les déreglemens par leſquels il peut être offenſé: la crainte que Nous avons que les Comedies qui ſe repreſentent utilement pour le divertiſſement des Peuples, ſont quelques-fois ac-
A

52

53

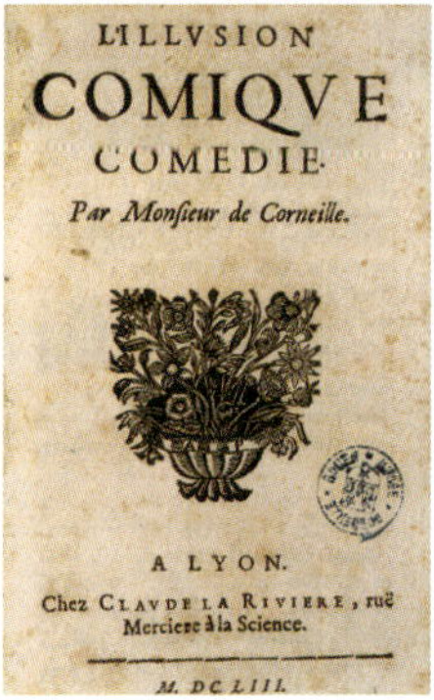

L'ILLVSION
COMIQVE
COMEDIE.
Par Monſieur de Corneille.

A LYON.
Chez CLAVDE LA RIVIERE, ruë Merciere à la Science.

M. DC LIII.

54

55. Anne d'Autriche et Mazarin, par Richard Parkes Bonington, XIXe siècle. Huile sur toile.

56. Claudy Chapeland dans le rôle de Louis XIII enfant, Maurice Tillet dans celui de Richelieu et Louis Arbessier en Louis XIII adulte, lors du tournage de *Si Versailles m'était conté*, film de Sacha Guitry, 6 juillet 1953.

55

56

et encadrés par un puissant ministre, le cardinal de Richelieu, suffisamment amateur de « comédie » pour se piquer de composer lui-même. En une décennie, la scène avait été, selon le mot de Guez de Balzac, « *nettoyée de toute sorte d'ordure* ». Le théâtre, naguère honni des doctes et des gens de bon ton, était devenu un divertissement honorable, et les salles de spectacle des lieux fréquentables, y compris par les dames.

L'année 1643, qui voit la création de l'Illustre Théâtre, est une année de deuil pour le royaume. Le 14 mai, Louis XIII dit le Juste est mort, six mois après son ministre à la poigne de fer, laissant deux fils tard venus, dont l'aîné, Louis XIV, n'a pas cinq ans. Quatre jours après, sa veuve, Anne d'Autriche, a annoncé, à la stupeur générale, qu'elle nommait le parrain du roi, le cardinal Jules Mazarin, principal ministre et président du Conseil de régence. Une régence qui commence en fanfare, puisque le lendemain même, 19 mai, le jeune duc d'Enghien, futur prince de Condé, et le maître de camp Jean de Gassion mettent en déroute les armées espagnoles à Rocroi, dans les Ardennes.

Le 30 juin, six hommes et quatre femmes — des « *enfants de famille* », selon La Grange ; de familles respectables, s'entend, pas des « enfants de la balle » ! — se retrouvent chez Marie Hervé, rue de la Perle, pour signer par-devant notaire un contrat aux termes duquel « *ils s'unissent et se lient ensemble pour l'exercice de la comédie, à fin de conservation de leur troupe sous le titre de l'Illustre Théâtre* ». C'est le début d'une expérience qui durera à peine plus de deux ans, mais dont une documentation ici particulièrement abondante permet de suivre les péripéties de manière beaucoup plus circonstanciée que les treize années d'itinérance provinciale qui suivront.

57. Georges Wilson, acteur et metteur en scène de *L'Illusion comique* de Pierre Corneille, 1966, représentée au *TNP*.

57

En renonçant à la profession lucrative de marchand tapissier pour celle de comédien, aux revenus plus aléatoires, Molière quittait un univers régi par des valeurs d'ordre et de hiérarchie — autorité du père sur sa famille et ses commis, privilège des aînés, inégalité entre hommes et femmes — pour une micro-société résolument démocratique et égalitaire, un de ces « *îlots de communisme* » qu'évoquera plaisamment Louis Althusser. Trente ans plus tard, Samuel Chappuzeau développera ce thème dans son *Théâtre français* : « *Si le séjour des républiques n'est pas le fait des comédiens, le gouvernement républicain leur plaît fort entre*

58. *Tapissiers à l'ouvrage*, par Robert Bénard, d'après Radel. Gravure tirée de l'*Encyclopédie* de Diderot et d'Alembert, 1751-1781.

59. *Les Comédies de Molière.* Détail d'un papier peint panoramique, 1826.

58

59

60

eux. Ils n'admettent point de supérieur, le nom seul les blesse. Ils veulent tous être égaux et se nomment camarades... Il s'en faut peu que leur gouvernement ne soit entièrement aristocratique... Ceux d'entre eux qui ont le plus de mérite ont aussi dans l'État le plus de crédit. Les autres suivent aisément et s'abandonnent à leur conduite. »
Dans la nouvelle troupe comme dans ses aînées, chaque comédien, chaque comédienne, qu'il ait joué ou non, et quelle que soit l'importance de son rôle, perçoit la même part de la recette journalière. Les décisions se prennent à la pluralité des voix. Ce sera encore la règle quinze ans plus tard au *Petit-Bourbon*, puis au *Palais-Royal.*

60. Farceurs français et italiens, école française, vers 1670. Aux côtés de Molière *(à gauche)*, les acteurs Jodelet, Poisson, Turlupin, le Capitan Matamore, Arlequin, Guillot-Gorju, Gros-Guillaume, le Dottor Grazian Balourd, Gaultier-Garguille, Polichinelle, Pantalon, Philippin, Scaramouche, Briguelle et Trivelin. Huile sur toile.

61

PLAN DE LA FOIRE DE S.T GERMAIN
Perruquiers
Change pour le Roy

61. *Foire de Saint-Germain*, XVIIe siècle. Estampe. Un événement qui se déroule une fois l'an, en février, et pendant quinze jours.

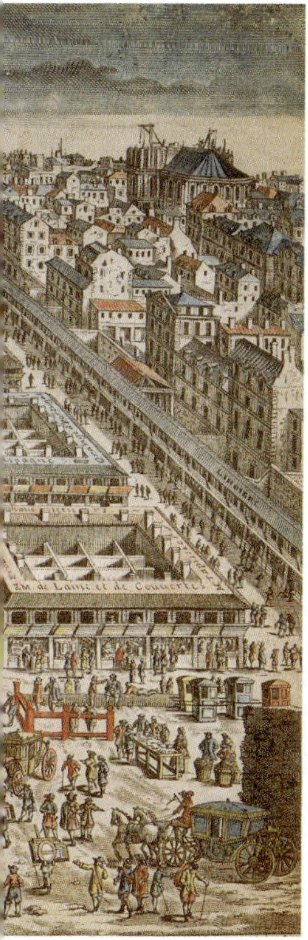

Les salles où jouent les deux troupes parisiennes étant situées sur la rive droite de la Seine, leurs jeunes concurrents cherchent à s'établir sur la rive gauche, où ils pourront mettre à profit le récent essor du faubourg Saint-Germain. À la fin de l'été, ils louent le *Jeu de paume* dit *des Mestayers*, qui occupe l'emplacement de l'actuel square Gabriel-Pierné, au confluent des rues de Seine et Mazarine, et engagent des entrepreneurs pour y aménager une scène, une galerie et des loges. Un mois plus tard, les travaux n'ayant pas encore commencé, ils prennent la route de Rouen, où ils feront leurs débuts en public dans le cadre de la foire Saint-Romain, qui s'ouvre le 23 octobre.

62

62. *Jeu de paume au XVIIe siècle.* Illustration tirée du *Centre de l'Amour, découvert soubs divers emblesmes galans et facétieux*, 1680.

63

64

63. Bibliothèque de Pierre Corneille dans sa maison natale de Rouen.

64. Fanny Ardant interprétant Pauline dans *Polyeucte* de Pierre Corneille, 1974 [mise en scène de Dominique Leverd, Festival du Marais].

Ce séjour dans la patrie du déjà grand Corneille a enflammé certains esprits, qui y ont vu l'occasion pour la troupe, et singulièrement pour le jeune Poquelin, de se faire adouber par le Maître. Mais il est peu probable qu'une telle rencontre ait eu lieu, ou bien on n'a fait que se croiser. Au cours de cet automne, en effet, l'auteur de *Polyeucte* est venu à Paris présenter l'impression de sa tragédie à la reine régente, qui en est dédicataire, et faire lecture à Mazarin d'une longue pièce de vers hâtivement composée, dans laquelle il exprime sa gratitude pour une « *libéralité* » (une pension) dont le cardinal l'a « *surpris* ». Exercice obligé auquel Molière se pliera à son tour vingt ans plus tard.

Le 1er janvier 1644, la troisième troupe de la capitale donne sa pre-

65

mière représentation dans une salle aménagée de neuf. Du nombre de spectateurs attirés par cette nouveauté, du programme qui leur fut proposé et de l'accueil qu'ils lui firent, aucun témoignage ne nous est parvenu. Aucun non plus sur la suite de l'expérience. En 1682, La Grange parlera d'insuccès et il sera repris par la plupart des biographes. Les éléments pourtant ne manquent pas, qui suggèrent, au moins pour les huit premiers mois, une véritable réussite. À commencer par le nombre des auteurs, pas tous amis, qui confient la création de leurs œuvres, des tragédies principalement, aux nouveaux comédiens. Plusieurs d'entre elles, quand elles seront imprimées, arboreront au titre la mention « *Tragédie représentée par l'Illustre Théâtre* ».

65. Scène de duel derrière les boutiques du Pont-Neuf, école française, vers 1665-1670. Huile sur toile.

66

66. Frontispice de *La Mort de Pompée*, de Pierre Corneille, 1644. Estampe de F[*rançois*] C[*hauveau*].

67. Page de titre d'*Artaxerxe, tragédie représentée par l'Illustre Théâtre*, de Jean Magnon, 1645.

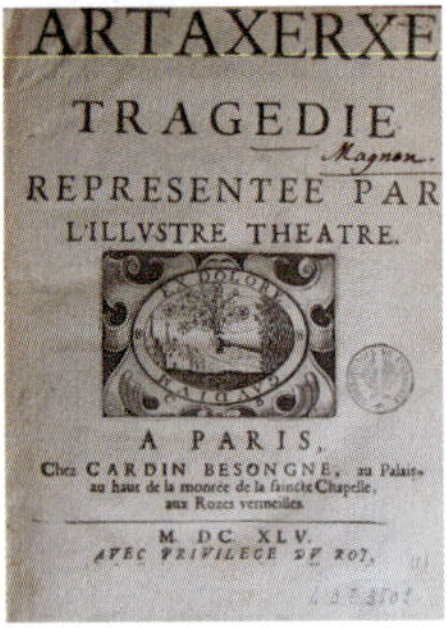
ARTAXERXE
TRAGEDIE
Magnon.
REPRESENTEE PAR
L'ILLVSTRE THEATRE.
A PARIS,
Chez CARDIN BESONGNE, au Palais, au haut de la montée de la saincte Chapelle, aux Rozes vermeilles.
M. DC. XLV.
AVEC PRIVILEGE DV ROY.

67

L'incendie qui, le 15 janvier, a réduit en cendres le *Théâtre du Marais*, contraignant Floridor et ses camarades, alors en pleine exploitation de *La Mort de Pompée* de Corneille, à partir en province pendant les travaux de reconstruction, a pu drainer une partie au moins de leur public vers la *Salle des Mestayers*. Mais il ne suffit pas à expliquer l'évident succès de la nouvelle troupe. Succès favorisé par la protection, plus honorifique que lucrative, que Gaston d'Orléans, oncle du roi, lui assure à partir de l'été, mais plus encore par la beauté et le talent de sa comédienne vedette, Madeleine Béjart. Bien des années plus tard, dans son *Almahide*, Georges de Scudéry la dépeindra sous l'anagramme transparent de Jébar : « *Elle était belle, elle était galante, elle avait beaucoup d'esprit. Elle chantait bien, elle dansait bien, elle jouait de toute sorte d'instruments. Elle écrivait fort joliment en vers et en prose, et sa conversation était fort divertissante. Elle était, de plus, une des meilleures actrices de son siècle…* »

L'année 1644 est celle aussi où le fils de l'honorable Poquelin, officier du roi, adopte son nom de scène. « *Ce fut alors*, écrit Grimarest, *que Molière prit le nom qu'il a toujours porté depuis. Mais lorsqu'on lui a demandé ce qui l'avait engagé à prendre celui-là plutôt qu'un autre, jamais il n'en a voulu dire la raison, même à ses meilleurs amis.* » Ce prétendu secret a aiguisé les curiosités. On a cherché du côté de la

68. Détail du *Portrait de Molière*, attribué à Charles-Antoine Coypel, XVIIe siècle. Huile sur toile.

69. Signature autographe de Jean-Baptiste Poquelin Molière.

68

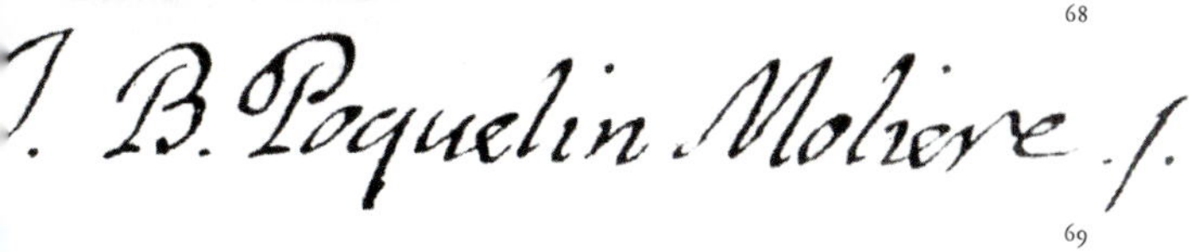

69

POLYXENE

DE

MOLIERE.

A PARIS,

Chez { ANTOINE DE SOMMAVILLE, en la Galerie des Merciers, à l'Escu de France, & AVGVSTIN COVRBE', en la mesme Galerie, à la Palme. } Au Palais.

M. DC. XLIV.

70

70. *La Polyxène de Molière* [François de Molière d'Essertines], 1644.

71. Acte notarié de 1670 signé par Molière (se portant garant de l'un de ses comédiens, Michel Baron). Ce document manuscrit a été offert à la *Comédie-Française* par Alexandre Dumas fils en 1884.

toponymie, de l'étymologie, des anagrammes et des jeux de mots. En vain. Une hypothèse simple et plausible, formulée dès le XIXe siècle, n'a jamais retenu l'attention des biographes, étrangement indifférents à la signification possible d'un tel choix. En 1644 est mise en vente à Paris une nouvelle édition, la quatrième depuis 1623, d'un roman dans le goût de *L'Astrée*, publié chaque fois sous le même titre : *La Polyxène de Molière.* On y trouve un prince Alceste, d'une jalousie morbide, un

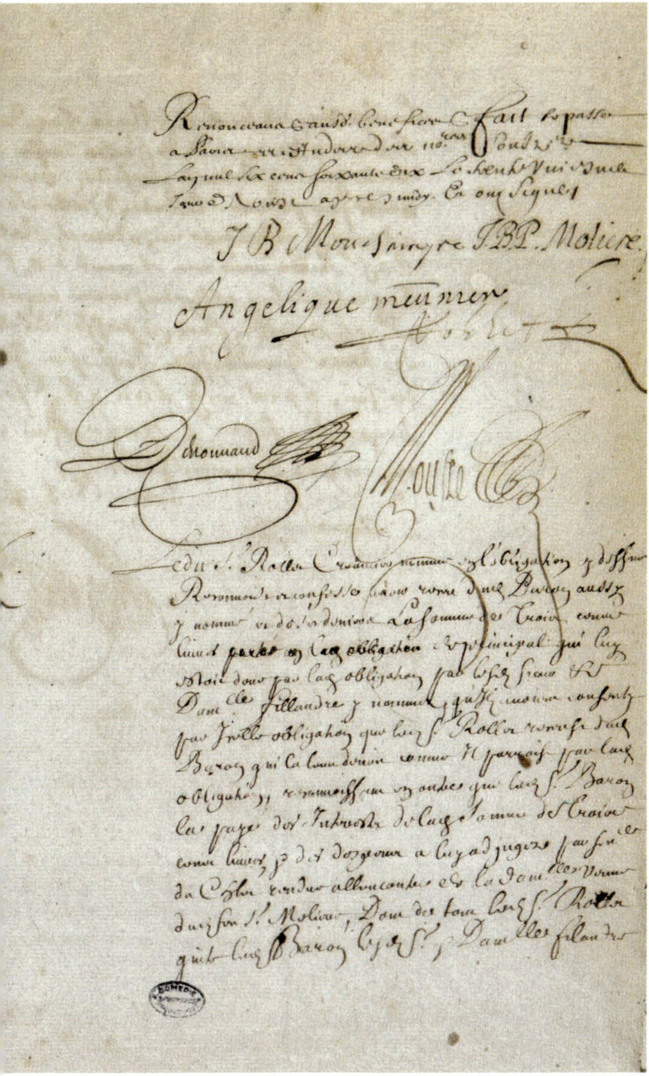

71

2

73

72. Portrait de François de Molière, sieur d'Essertines, par Jean Picquet d'après Daniel Dumonstier, 1620.

73. Catherine Salviat (Cathos) et Virginie Pradal (Madelon) dans *Les Précieuses ridicules*, 1971 [*Comédie-Française*].

Philinte, un fleuve Oronte, et cette Polyxène à qui la « *spirituelle* » Madelon des *Précieuses ridicules* empruntera son nom. L'auteur, François de Molière d'Essertines, qui avait l'âge du siècle, est mort assassiné vingt ans plus tôt. Poète, romancier, traducteur, épistolier, son style est donné en modèle dans les recueils de lettres qui fleurissent à l'époque. Il a fréquenté les libertins amis de Théophile. Dans ses *Mémoires* posthumes, Garasse l'appelle « *un vrai diable incarné, tant il avançait de propositions contre la sacrée humanité de Jésus-Christ* ». Le nom de ce premier Molière est encore si familier aux lecteurs et spectateurs des années 1640 que le jeune Saint-Évremond et son parent le comte d'Ételan, qui ne l'ont pas connu, se réclament de lui dans leur *Comédie des académistes*, où ils brocardent les « *petits escroqueurs* » de la toute nouvelle Académie française. Du romanesque, du libertinage ou du destin tragique de ce mort resté jeune, qu'est-ce qui a motivé le choix de Molière ? C'est peut-être ce que « *ses meilleurs amis* » n'ont pas su dire à son biographe…

À l'automne 1644, les difficultés financières s'accumulent. La troupe, qui s'est lourdement endettée pour aménager le *Jeu de paume des Mestayers*, payer les auteurs, les décors et un loyer particulièrement élevé, ne parvient plus à rembourser ses créanciers. Elle prend alors la décision

74. Scène de théâtre à l'*Intérieur d'un jeu de paume*, par Abraham Bosse, XVIIe siècle. Encre.

74

75

surprenante d'abandonner la rive gauche pour s'installer dans le *Jeu de paume de la Croix-Noire*, sur le quai aux Ormes (aujourd'hui des Célestins), près du port Saint-Paul. Ici encore, il faut s'endetter et l'expérience dure à peine deux mois. Les

76

recettes sont d'autant plus maigres que les comédiens du *Marais* ont repris leur activité dans un théâtre entièrement neuf. En ce printemps 1645, ils triomphent avec *Le Menteur* de Corneille. La situation ne fait qu'empirer, les créanciers redoublent de rapacité. À la fin de mars, l'un d'eux fait saisir « *les toiles, loges et décorations de théâtre* » de la *Salle de la Croix-Noire.* Privée de lieu, déstabilisée par les procès et le départ de certains de ses membres, la troupe vivote encore quelques mois, jouant chez des particuliers et accompagnant Gaston d'Orléans parti prendre les eaux à Bourbon, puis c'est la fin de l'aventure.

Dans les premiers jours d'août, Molière connaît par deux fois la prison pour dettes dans la forteresse du Châtelet. Par deux fois il en est tiré par des amis qui désintéressent les requérants. Ce qui reste de la troupe se disperse et avant la fin de l'été Molière prend la route de la province, bientôt suivi par les Béjart.

75. Personnages de théâtre, par Jacques Callot, XVIIe siècle. Lavis gris et pierre noire.

76. Le Grand Châtelet de Paris, par Caspar Merian, XVIIe siècle. Gravure.

77. La Comédie des comédiens de Georges de Scudéry, créée en 1634 au *Théâtre du Marais*, frontispice par Michel van Lochom, XVIIe siècle. Gravure.

78. Frontispice du *Roman comique*, de Paul Scarron, pour la seconde édition anglaise, 1676. Gravure de William Faithorne.

77

De l'automne 1645 à l'automne 1658, du départ quasi clandestin au retour conquérant, il y a treize ans, presque autant que la seconde carrière parisienne. Années d'errance, lit-on parfois, de pérégrinations, de courses. Les mots suggèrent un défaut d'objectif et de stratégie qui n'est pas évident. Ils induisent en outre une lecture picaresque, nourrie de souvenirs du *Roman comique* de Scarron, sans rapport avec la réalité. Années d'apprentissage ? La faillite de l'Illustre Théâtre serait due au manque de métier de ses membres ? On l'a écrit, on a même évoqué l'obligation où Molière se serait trouvé, en quittant Paris, de « *rentrer dans le rang* », pour avoir voulu « *sauter les étapes et transgresser les usages* ». C'est faire bon marché des succès de 1644, des erreurs de gestion, de l'insuffisance du public parisien, trop réduit encore pour permettre à trois troupes permanentes de coexister, enfin de l'étonnante rapidité avec laquelle les rescapés de l'Illustre Théâtre et leurs nouveaux camarades vont s'imposer sur les scènes et auprès des élites politiques de province.

Non, même doré comme il le sera, l'exil dit sans doute mieux ce que fut, pour l'ambitieux Parisien, cet interminable entre-deux. Comme Frédéric Moreau (ou comme Bertolt Brecht), il voyagea et il revint. De ses amours et de ses amertumes, de ses réveils et de ses mélancolies, aucun écho ne nous est parvenu.

SCARRONS
COMICAL ROMANCE,
OF
A Company of Stage-Players.

Double page précédente :
79. *Représentation de* Mirame *au* Palais-Cardinal *devant Louis XIII, Anne d'Autriche et Richelieu*, par Jean de Saint-Igny, le 14 janvier 1641. Estampe.

80

Quelques rares documents, des témoignages toujours tardifs permettent ici et là de singulariser son parcours, mais, contrairement à la période suivante, où l'auteur prendra le pas sur l'acteur et l'individu sur le collectif, l'histoire de ces treize années reste celle d'une troupe avant d'être celle d'un homme.

Elles correspondent en gros aux années de gouvernement de Mazarin, sous la régence d'Anne d'Autriche d'abord, puis sous le règne de Louis XIV, pour ainsi dire « impersonnel » jusqu'à la mort de son parrain en 1661. Période troublée par la poursuite de la guerre contre l'Es-

81

pagne et par les violents affrontements des deux Frondes. Les pénétrantes analyses du moliériste gallois C.E.J. Caldicott ont mis en lumière les effets que ces soubresauts eurent sur la carrière provinciale de Molière, et en particulier l'orientation « courtisane » qu'ils lui imprimèrent.

Au printemps 1646, Molière et les Béjart se sont agrégés à une troupe de campagne, animée par le comédien Charles Dufresne, qui parcourt depuis quinze ans les provinces de l'Ouest et du Sud-Ouest sous la protection du duc d'Épernon, gouverneur de Guyenne et grand seigneur s'il en fut. S'adressant à lui dans la dédicace d'une tragédie qu'il fait imprimer en avril, André Mareschal, cofondateur de l'Illustre Théâtre (il a signé le contrat de juin 1643 pour Molière, encore mineur), évoque cette « *troupe* [celle de Dufresne] *que vous avez enrichie par des présents magnifiques autant que par d'illustres acteurs* », et l'on peut croire que le choix du second adjectif ne doit rien au hasard. Six mois plus tard, un autre auteur louera la « *protection et le secours* » que le duc a donnés « *à la plus malheureuse et à l'une des mieux méritantes comédiennes de France* », entendez Madeleine Béjart.

Assez vite, Molière prend l'ascendant sur ses camarades et remplace Dufresne à la tête de la troupe, laquelle, cependant, remodelée et vivifiée par l'entrée de nouveaux comédiens — Edme et Catherine de Brie, René Du Parc, dit Gros-René,

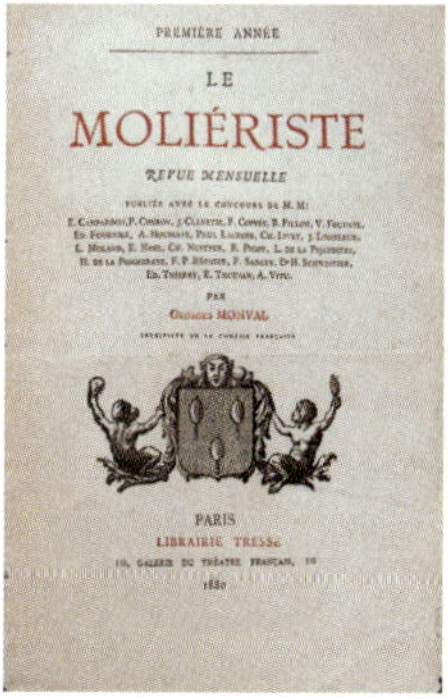

82

80. Portrait équestre du jeune Louis XIV partant pour la chasse, par Jean de Saint-Igny, vers 1647. Huile sur bois.

81. La Fronde 1648-1653 ; révolte de l'aristocratie et du parlement de Paris contre la monarchie absolutiste. Eau-forte.

82. Couverture de la revue *Le Moliériste*, première année, Librairie Tresse, 1880.

Double page suivante :

83. Gabriel Nicolas de La Reynie, lieutenant général de la police, conseiller d'État, d'après Pierre Mignard, 1665. Estampe de Pierre-Louis van Schuppen.

84. Vue de Cadillac en Guyenne, par Joachim Duviert, 1612. Encre.

85. Le Charlatan, par Jean Tassel, XVIIe siècle. Huile sur toile.

83

et Marquise, sa belle épouse — restera unie pendant plus d'une décennie de voyages, jusqu'à son arrivée à Paris en 1658.

Dans le sillage d'Épernon, et notamment dans le cadre somptueux de son château de Cadillac, près de Bordeaux, la route de Molière croise celle d'un jeune magistrat, Gabriel Nicolas de La Reynie, homme de confiance du duc, qui, trente-cinq ans plus tard, devenu lieutenant général de la police de Paris, s'emploiera avec conscience à expurger la première édition de *Dom Juan*…

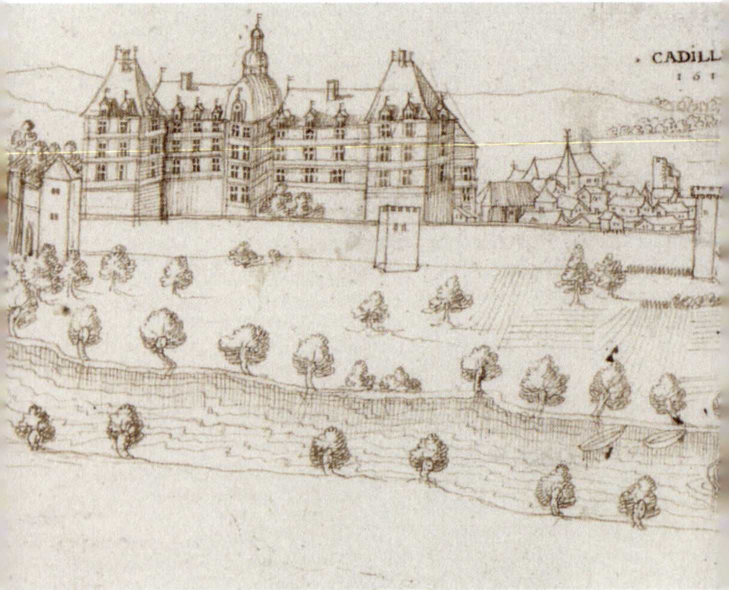

84

85

Double page précédente :

86. Michel Boujenah (Sganarelle) et Jacques Weber (Dom Juan) dans *Dom Juan*, film de Jacques Weber, 1998.

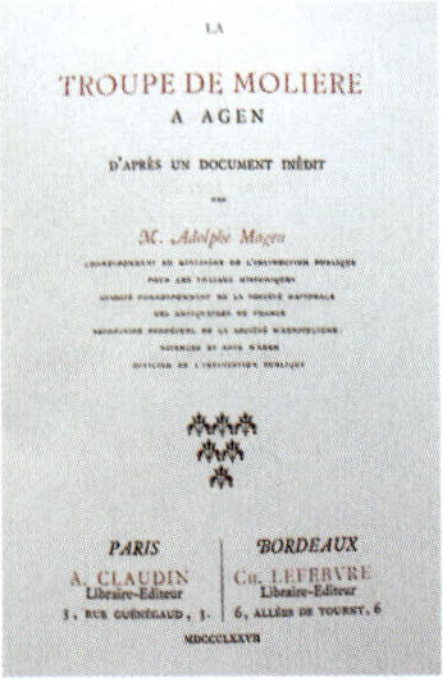
LA

TROUPE DE MOLIERE
A AGEN

D'APRÈS UN DOCUMENT INÉDIT

PAR

M. Adolphe Magen

PARIS	BORDEAUX
A. CLAUDIN Libraire-Éditeur 3, RUE GUÉNÉGAUD, 3.	CH. LEFEBVRE Libraire-Éditeur 6, ALLÉES DE TOURNY, 6

MDCCCLXXVII

87

Sans cesser de jouir, jusqu'en 1650 au moins, de cette puissante tutelle, la troupe se met au service d'un autre « grand » de la région, Jacques-François d'Amboise, comte d'Aubijoux, lieutenant général du roi dans le Haut-Languedoc et gouverneur de Montpellier, qui dès 1647 a requis sa présence à l'occasion de ses entrées solennelles dans Toulouse et Albi. Libertin avéré, doublé d'une fine lame et d'un fin lettré, cet ancien chambellan de Gaston d'Orléans se montre, au dire d'un contemporain, « *absolu dans sa charge* ». Il sera fastueux dans son mécénat, ouvrant à la troupe quantité de portes, dont celles des États de Languedoc, qui se tiennent chaque année, à Montpellier, Pézenas, Carcassonne ou Béziers,

sous l'autorité d'un lieutenant du roi. Molière et ses camarades seront ainsi amenés, huit ou dix ans de suite, pendant plusieurs semaines, voire plusieurs mois, à divertir, pour de substantielles rétributions, les députés de la province la plus riche du royaume.

Auteur de quelques-uns des joyaux de la poésie burlesque, joueur de théorbe et compositeur, entre autres, de la musique de l'*Andromède* de Corneille, Charles Coypeau Dassoucy partagera pendant six mois le pain et le sel avec Molière et la « *maison des Béjart* ». Les ayant suivis aux États de 1655, il gardera un souvenir ému de « *cette cocagne* » parmi la fleur de la noblesse languedocienne, qu'il devait évoquer vingt ans plus tard dans quelques belles pages de ses *Aventures*.

87. Page de titre de *La Troupe de Molière à Agen*, par Adolphe Magen, 1877.

88. *Molière à Pézenas dans la boutique du barbier*, par François-Marius Granet, XVIIIe siècle. Aquarelle, crayon, encre et lavis.

89. *Andromède*, par Gustave Moreau, XIXe siècle. Aquarelle.

89

90

91

90. Armand de Bourbon, prince de Conti, école française, XVIIe siècle. Aquarelle et gouache sur parchemin.

91. Sganarelle, par Paul Klee, 1922. Aquarelle.

92. Constant Coquelin (Sganarelle) et Sarah Bernhardt (Absinthe), réclame pour la marque *Terminus*, par Francisco Tamagno, XIXe siècle. Lithographie en couleurs.

Plus prestigieuse, sinon plus efficace que celle du comte d'Aubijoux, la protection du prince de Conti remonte à l'été 1653, quand l'ancien élève des jésuites et généralissime de la Fronde parisienne, ayant rompu avec son frère Condé et fait sa paix avec Mazarin en acceptant d'épouser une de ses nièces, s'est retiré dans son domaine de *La Grange* à Pézenas. C'est là que, dans les premiers jours de septembre, il accueille Molière et les siens, qui dès lors pourront se parer du titre prestigieux de « *troupe de Son Altesse royale* » dans les villes et chez les particuliers où ils se produisent, tant dans le Languedoc que dans les autres provinces qu'ils visitent.

Qui est-il, ce Conti aujourd'hui décrié, en qui certains ont voulu voir le modèle du « *grand seigneur méchant homme* » complaisamment dépeint par son valet Sganarelle, mais dont le respect qu'il inspirait à l'immédiate

TERMINUS
Absinthe
bienfaisante
CAPITAL
DEUX MILLIONS
PONTARLIER
AFFICHES CAMIS
IMPRIMÉES SUR MACHINES VOIRIN
Je bois à tes succès, ma chère, et à ceux de
l'ABSINTHE TERMINUS la seule bienfaisante

92

postérité fit écrire à La Grange des contrevérités flagrantes ? Disgracieux, certes, et bossu, brutal et débauché comme tous ses pairs, il n'est pas le personnage falot qu'on a dit parfois. Sa cour, nombreuse (quand il voyage, son train compte au bas mot deux cents personnes), est particulièrement brillante. On y rencontre, dans une presse de gens d'armes et d'affaires, de gens de lettres et d'Église, des hommes de grande valeur, le poète et essayiste Jean-François Sarasin, par exemple, naguère « domestique » du cardinal de Retz et familier de l'hôtel de Rambouillet, à présent secrétaire des commandements du prince, ou ce vicomte de Guilleragues, qui lui succédera dans le même office et fera paraître, bien des années plus tard, le fameux recueil des *Lettres portugaises*.

Sur les relations qui s'établissent entre le prince et le comédien, pendant les trente mois que dure ce patronage, nous avons le témoignage, tardif mais fiable, de Joseph de Voisin, ancien aumônier de Conti et ardent défenseur de sa mémoire : « [Il] *avait eu en sa jeunesse tant de passion pour la comédie qu'il entretint longtemps à sa suite une troupe de comédiens, afin de goûter avec plus de douceur le plaisir de ce divertissement... Il conférait souvent avec le chef de leur troupe, qui est le plus habile comédien de France* [ces lignes sont publiées en 1669], *de ce que leur art a de plus excellent et de plus charmant. Et lisant souvent avec lui les plus beaux endroits et les*

93

plus délicats des comédies tant anciennes que modernes, il prenait plaisir à les lui faire exprimer naïvement... » Jamais les rapports que Molière nouera plus tard avec Louis XIV n'atteindront ce degré d'intimité.

93. Costume de Janus pour *Le Ballet de la Nuit*, de Lulli, donné à la cour de Louis XIV le 23 février 1653. Aquarelle sur papier, attribuée à Henry Gissey, XVIIe siècle.

95

C'est au cours de cette période, à l'occasion du carnaval de 1655, qu'est donné à Montpellier, devant le prince et sa femme, un *Ballet des Incompatibles* composé avec la collaboration incertaine de Molière. Le modèle en est le *Ballet de la Nuit*, énorme machinerie de quarante-cinq entrées, dansé en février 1653 par Louis XIV sur une musique de Lulli, et qui restera pendant tout le siècle la référence du genre. Dans le ballet beaucoup plus modeste offert aux Conti, Molière représente successivement un « poète » et une « harengère », à qui l'auteur fait dire :

Je fais d'aussi beaux vers que ceux que je récite,
Et souvent leur style m'excite
À donner à ma muse un glorieux emploi...

94. Louis XIV à la mandoline pendant *Le Ballet de la Nuit* de février 1653. Aquarelle sur papier.

95. Troupe italienne, par Gilles Allou, XVIIe siècle. Encre et sanguine.

96

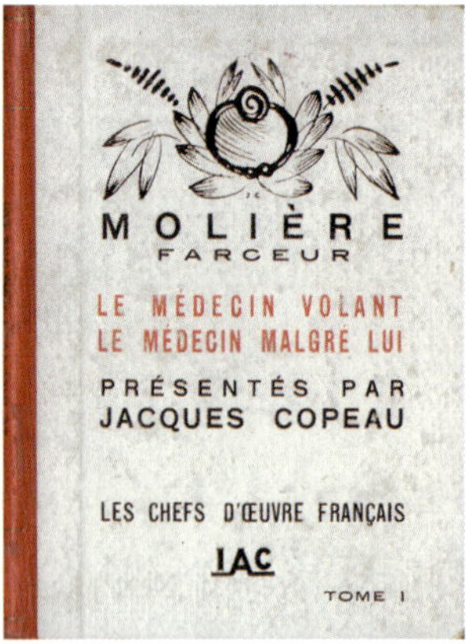
MOLIÈRE
FARCEUR
LE MÉDECIN VOLANT
LE MÉDECIN MALGRÉ LUI
PRÉSENTÉS PAR
JACQUES COPEAU
LES CHEFS D'ŒUVRE FRANÇAIS
IAC
TOME I

97

98

99

96. *Le Médecin volant*, 1990 [mise en scène de Dario Fo, décor de Claude Lemaire, *Salle Richelieu*].

97. Couverture du *Médecin volant* et du *Médecin malgré lui*, présentés par Jacques Copeau, 1943.

98. Maquette de costume pour Métaphraste dans *Le Dépit amoureux*, par Charles Bétout, 1923. Crayon, aquarelle et gouache.

99. *Les Deux Médecins et la Mort*, par Honoré Daumier, 1860. Aquarelle.

Les « *beaux vers* » renvoient probablement à *L'Étourdi*, première grande comédie en cinq actes et en vers écrite par Molière, que la troupe a créée à Lyon dans les mois précédents. Avec quel succès, on l'ignore. On ignore de même quand et dans quelles conditions il a écrit ces farces ou « *petites comédies* » — *La Jalousie du Barbouillé* et *Le Médecin volant*, entre bien d'autres — d'où il tirera certains de ses chefs-d'œuvre. Questions d'autant moins anodines que la vocation de Molière et le répertoire des comédiens du prince de Conti, comme celui de tous leurs collègues, semblent avoir été essentiellement tragiques.

Vers la fin de l'année 1656, après avoir créé à Béziers *Le Dépit amoureux*, la troupe quitte le Languedoc pour n'y plus revenir. Au cours du printemps précédent, l'austère évêque

100

100. Acteurs comiques et tragiques, attribué à Jean-Antoine Watteau, XVIIIe siècle. Crayon et encre sur papier.

101

101. Le Palais des Papes *en Avignon.*

102. Portrait de Molière, par Pierre Mignard, XVIIe siècle. Huile sur toile.

103. Portrait de Molière, d'après Nicolas Mignard, XVIIe siècle. Huile sur toile.

d'Alet, Nicolas Pavillon, présent à Pézenas pour la réunion des États, a obtenu de Conti, alerté, dit-on, par les premières atteintes d'une syphilis qui l'emportera dix ans plus tard, une retentissante conversion, accompagnée du renoncement à la débauche et à toute espèce de divertissement. Dans les mois suivants, le zélé pénitent a retiré sa protection aux comédiens qu'il entretenait. Coup rude pour Molière et ses camarades. Certes, leur réputation de meilleure troupe de campagne n'est plus à faire. Il n'empêche que cette défection, une fois rendue publique, se traduit par une baisse sensible des revenus de la troupe.

L'automne 1657 la trouve en Avignon, où le peintre Nicolas Mignard possède un jeu de paume. Son cadet Pierre vient d'arriver en ville, retour d'un long séjour romain. En quelques semaines, chacun d'eux va peindre un ou plusieurs portraits de Molière, les plus connus, les plus diversement « déclinés ». Ils ne sont pas les premiers à faire poser celui qui, casqué ou perruqué, le front ceint de lauriers ou la plume à la main, apparaît bien comme le chef de sa troupe (aucun de ses camarades, pas même Madeleine, n'a été ainsi portraituré). Un an plus tôt, le Montpelliérain Sébastien Bourdon l'a peint, en habit romain déjà, avec une fidélité dans la restitution des traits que le témoignage d'Angélique Du Croisy, fille du comédien créateur du rôle de Tartuffe, permet de vérifier : « *Il avait l'air très sérieux, le nez gros, la bouche grande, les lèvres épaisses, le teint brun, les sourcils noirs et forts, et les divers mouvements qu'il leur donnait lui rendaient la physionomie extrêmement comique.* »

1658 est l'année du retour. Après avoir quitté Lyon et passé le carnaval à Grenoble, la troupe vient en ordre dispersé prendre ses quartiers d'été à Rouen. Pourquoi soudain cette longue traversée du royaume ? L'explication

102

103

104

104. Portrait de Molière, par Pierre Mignard, XVIIe siècle. Huile sur toile.

105

105. Portrait de Molière dans le rôle de César [*La Mort de Pompée*, Corneille], par Nicolas Mignard, XVIIe siècle. Huile sur toile.

106. Frontispice du *Timocrate*, succès de Thomas Corneille en 1656-1657. Gravure d'une édition de 1701.

107. La troupe de Molière jouant *Le Menteur* de Pierre Corneille à Rouen, au *Jeu de paume des Braques*. Gravure par Jules Adeline. XIXe siècle.

106

107

fournie par La Grange éclaire peu : « *Ses amis* [de Molière], écrit-il, *lui conseillèrent de s'approcher de Paris en faisant venir sa troupe dans une ville voisine. C'était le moyen de profiter du crédit que son mérite lui avait acquis auprès de plusieurs personnes de considération, qui, s'intéressant à sa gloire, lui avaient promis de l'introduire à la cour.* » Ces amis et personnes de considération nous demeurent inconnus. Nous sommes en revanche bien renseignés sur le séjour rouennais. Il dura de juin à septembre, quatre mois au cours desquels la troupe se produisit au *Jeu de paume des Braques*, et que Molière et Madeleine mirent à profit pour se rendre à Paris et y préparer leur établissement.

Cette fois, Corneille est bien à Rouen. Depuis l'échec de *Pertharite* en 1651, il a cessé d'écrire pour le théâtre et ne fréquente plus la capitale. Son cadet Thomas, dont le *Timocrate* a triomphé au *Marais* au cours de l'hiver 1656-1657, semble avoir pris la relève. Mais Pierre ne tardera pas à sortir de sa retraite. À l'incitation du surintendant des finances Nicolas Fouquet, il composera *Œdipe*, qui sera créé en janvier 1659 à l'*Hôtel de Bourgogne*. Pour l'heure, les deux frères accueillent Molière et ses belles actrices — on connaît par Brassens les stances que Marquise Du Parc inspire à l'aîné. Ensemble ils méditent une possible alliance avec la troupe du *Marais*, en cessation d'activité depuis plus d'un an. Le projet n'aboutira pas et les relations

108

avec les Corneille en resteront là pendant quinze mois, avant de s'envenimer brutalement et pour longtemps à l'occasion des *Précieuses ridicules*.

Dans les premières semaines d'octobre, la meilleure troupe de campagne quittera la cité normande pour la capitale du royaume, mettant un terme à treize années d'exil, les plus belles peut-être de la vie de Molière.

108. Corneille accueilli au théâtre par le Grand Condé, par Joseph-Désiré Court, vers 1828-1829. Esquisse à l'huile.

L'histoire des Quinze Glorieuses qui commencent alors est celle d'un triple succès, immédiat et massif : succès du comédien, dans un registre, il est vrai, moins choisi qu'imposé ; de sa troupe, qui en peu de temps s'assure une position de quasi-monopole auprès du roi ; de l'auteur enfin, le seul sans doute qu'il n'avait pas escompté.

La première carrière parisienne s'était achevée dans une geôle du Châtelet, la seconde commence dans la salle des gardes du vieux Louvre. C'est là que, le 24 octobre 1658, sur une scène dressée à la hâte, les comédiens arrivés de Rouen quelques jours plus tôt jouent devant la famille royale et la cour le *Nicomède* de Corneille, suivi du *Docteur amoureux*, comédie en un acte de Molière qui n'a pas été conservée. Entré dans la troupe six mois plus tard seulement, La Grange n'assiste pas à ce moment fondateur, mais le récit maintes fois entendu vraisemblablement de la bouche de ses camarades nourrit la relation circonstanciée qu'il en fera dans sa préface de 1682, heureuse réparation du silence des gazettes, des mémoires et des correspondances. La présence des comédiens de l'*Hôtel de Bourgogne*, l'accueil poli fait à la tragédie, en dépit de « *l'agrément et du jeu des femmes* », le compliment au roi, si « *agréablement tourné* », les applaudissements qui le saluèrent, le franc succès de la comédie, « *dont l'invention parut nouvelle* », les rires que Molière souleva dans le

109

110

111

rôle du Doćteur, enfin les ordres donnés par le roi pour établir la troupe à Paris, conformes ou non à la vérité hiśtorique, sont aujourd'hui autant d'articles du légendaire moliéresque, auxquels les fortes images du film d'Ariane Mnouchkine ont apporté une caution presque documentaire.

La troupe eśt d'ores et déjà celle de « *Monsieur, frère unique du roi* », selon la formule consacrée, c'eśt-à-

Double page précédente :
109. Caricature de Molière assailli par les médecins armés de clystères, anonyme, XVIIe siècle. Gravure.

110. Source Molière, Vichy chez soi, affiche-réclame anonyme, vers 1900.
111. Alceśte en proie à ses juges, par Albert Dubout, 1955.

112

112. Tournage de *Molière ou la Vie d'un honnête homme*, film d'Ariane Mnouchkine, 1981.

113

113. Grande cascade du château de Saint-Cloud, par Adam Frans van der Meulen, XVIIe siècle. Huile sur toile.

114. Détail d'une *Vue de la Seine et du palais du Louvre depuis le Pont-Neuf*, école française, XVIIe siècle. Huile sur toile.

dire de Philippe d'Anjou, futur duc d'Orléans. Second personnage de l'État, il vient d'avoir dix-huit ans. Il avait une « *maison* » (une domesticité), Mazarin a fait acheter pour lui, dans les jours précédents, une demeure : la Maison des Gondi, dont il fera le château de Saint-Cloud. Son frère entretient la troupe des « *Grands comédiens* » de l'*Hôtel de Bourgogne*, on lui offre la ci-devant troupe du cousin Conti. Elle arrive de province précédée d'une excellente réputation, mais on ne l'a jamais vue jouer. Une représentation est mise sur pied. À la hâte, car le surlendemain, 26 octobre, la cour et son train partent pour Lyon, où doit se négocier le mariage du roi avec sa cousine de Savoie. Le voyage, qui durera trois mois, est en réalité une manœuvre de Mazarin pour hâter la conclusion de la paix avec l'Espagne, en forçant Philippe IV à accorder l'infante Marie-Thérèse à Louis XIV… son cousin. Ce sera chose faite l'année suivante. Les hostilités suspendues en mai 1659, le traité des Pyrénées sera signé en novembre et le mariage célébré sept mois plus tard.

Ce soir-là, au Louvre, Molière et ses camarades jouent devant un parterre réunissant ceux qui seront leurs plus constants soutiens et certains de ceux qui deviendront leurs adversaires, les comédiens de l'*Hôtel* notamment, dont beaucoup ont déjà pu voir Molière et les Béjart sur la

114

115

115. François de La Mothe Le Vayer, école française, 1639. Huile sur toile.

116. Henriette d'Angleterre, duchesse d'Orléans, dite *Madame, présentant le portrait de son époux, Philippe de France,* dit *Monsieur*, par Antoine Mathieu l'Ancien, XVIIe siècle. Huile sur toile.

117. Histoire comique des Estats et Empires de la Lune, par Cyrano de Bergerac. Frontispice intérieur, Amsterdam, 1709.

118. Salle du Petit-Bourbon *lors de l'ouverture des États généraux du 27 octobre 1614*. Gravure.

scène de l'Illustre Théâtre. La famille royale est là au complet ou presque (Condé, allié de l'Espagne depuis la Fronde, est en exil à Bruxelles ; Conti s'interdit les plaisirs du monde). Outre la reine Anne et ses fils, leur cousine d'Orléans-Montpensier, dite « *la Grande Mademoiselle* », et le cardinal Mazarin, les gazetiers, s'ils avaient été invités, n'auraient pas manqué de nommer la parentèle d'outre-Manche : Henriette de France, veuve de Charles Ier, décapité en 1649, son fils Charles, qui montera sur le trône quelques mois plus tard, et sa fille Henriette d'Angleterre, qui, en épousant Philippe en avril 1661, deviendra « *Madame* ». Ils loueraient à coup sûr la beauté des « *mazarinettes* », en commençant par Marie Mancini, dont le roi est amoureux et qui depuis peu a pris en main sa formation littéraire, mais ils négligeraient de citer deux « *domestiques* » de Monsieur, qui deviendront, s'ils ne le sont déjà, des amis de Molière : François de La Mothe Le Vayer, vieux philosophe (très) sceptique et auteur de sulfureux *Dialogues faits à l'imitation des anciens*, qui depuis 1649 est le précepteur de Philippe, et son fils François, romancier libertin récemment « promu » abbé, qui a été son répétiteur de latin et sera l'aumônier d'Henriette.

À la suite de la représentation, le roi, ou plus probablement son ministre, a donné ordre d'attribuer à la troupe la salle du *Petit-Bourbon*, « *pour y repré-*

116

117

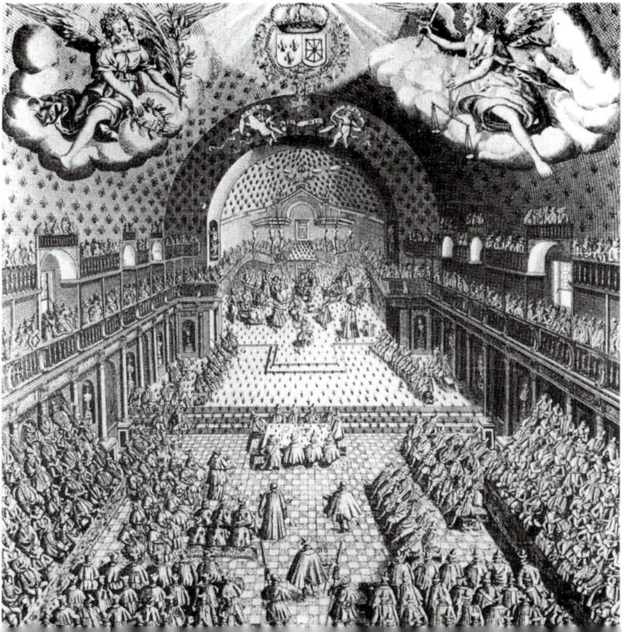

118

119

119. Scaramucia et Fricasso, personnages de la Commedia dell'arte, par Jacques Callot, XVIIe siècle. Estampe.

120. Tiberio Fiorilli, dit *Scaramouche*, anonyme, 1680. Buste en ronde bosse.

senter la comédie alternativement avec les comédiens italiens ». Cette salle magnifique, « *sans contredit la plus large, la plus haute et la plus longue qui soit dans tout le royaume* », selon l'historien contemporain Henri Sauval, a accueilli en 1614 les derniers États généraux avant ceux de 1789. L'ancien hôtel du connétable de Bourbon, qui l'abrite, est bâti sur l'emplacement aujourd'hui occupé par l'angle inférieur droit de la Cour carrée du Louvre, et dès ce temps Mazarin a prévu de le faire raser, dans le cadre du projet d'agrandissement du palais et de construction de la colonnade.

Les « *comédiens italiens* », ce sont Brigida Bianchi, dite Aurelia, intime d'Anne d'Autriche, Domenico Locatelli, dit Trivelin, Tiberio Fiorilli, dit Scaramouche, et leurs camarades. Venus à Paris au début des années

121

1640, ils en ont été chassés par la Fronde, puis définitivement établis au *Petit-Bourbon* en 1653. Comme leurs collègues de l'*Hôtel de Bourgogne*, ils « appartiennent » au roi et reçoivent à ce titre une importante pension annuelle. Ils présentent, en italien, des spectacles de formes variées, qui vont de la comédie jouée *all'improvviso* au grand spectacle à machines, comme cette *Rosaure impératrice de Constantinople*, jouée en mars 1658 devant la cour. Ses détracteurs ne manqueront pas d'accuser Molière, « *singe en tout ce qu'il fait* », de n'être qu'un « *fort mauvais copiste des Italiens* ». En vérité, si l'influence de Scaramouche sur son « jeune » camarade n'est pas contestable, on sait peu de choses concrètes sur les rapports qu'entretinrent leurs deux

122

121. Illustration du jeu théâtral au XVIIe siècle : Louis XIV et sa suite, assis sur la scène, assistent à une comédie de Molière. Tableau d'histoire pour les écoles, 1953.

122. Yves Gasc (Lélie), Philippe Noiret (Trufaldin) et Daniel Sorano (Mascarille) dans *L'Étourdi*, *TNP*, 1955.

troupes pendant les quatorze années que dura leur cohabitation.

Depuis 1645, le théâtre a bien changé à Paris. Le public s'est accru, le prix des places a augmenté, il en coûte à présent quinze sols au lieu de cinq pour entendre (à défaut de voir !) le spectacle debout au parterre. Les représentations ne se donnent plus seulement le dimanche, mais trois ou quatre fois par semaine. Au *Petit-Bourbon*, elles seront même quotidiennes, les Italiens conservant pour eux les jours « ordinaires » — le mardi, le vendredi et le dimanche —, censés être les meilleurs, et laissant aux nouveaux arrivants les quatre autres, dits « extraordinaires ».

Le samedi 2 novembre, la Troupe de Monsieur joue pour la première fois devant le public de la ville. On ignore quelle pièce est représentée et devant combien de spectateurs. On en sait à peine davantage pour les cinq mois suivants. La Grange indique seulement que *L'Étourdi* et *Le Dépit amoureux*, qui passent pour nouveaux à Paris, ont été donnés « *avec un grand succès* » et ont rapporté l'un et l'autre à chaque acteur la somme, en effet importante, de soixante-dix pistoles, soit 770 livres. Le silence observé par les gazettes sur ce qui est une nouveauté dans la vie parisienne ne concerne pas la seule Troupe de Monsieur. Elles n'évoqueront aucun spectacle pendant l'absence de la cour, laquelle, dans le même temps, assistera à

123

124

Page précédente :

123. Portrait présumé de Charles Varlet de La Grange, attribué à Élisabeth-Sophie Chéron, XVIIe siècle. Le grand peigne pourrait être l'attribut des marquis portant perruque à la cour de Louis XIV et dont La Grange jouait les rôles. Huile sur toile.

124. L'Étourdi, de Jan Punt, 1740. Gravure, d'après une composition de François Boucher, pour l'édition des *Œuvres*, 1741, aquarellée à la main.

125. De rerum natura (*De la nature*), par Lucrèce. Première page d'une édition enluminée de 1515.

Lyon à la création du premier *Festin de pierre* français. Il faut attendre le 25 janvier — trois jours plus tard, le roi est à Paris — pour que Jean Loret, rompant ce silence, consacre un article, dithyrambique, de sa *Muse historique* à la création d'*Œdipe* à l'*Hôtel de Bourgogne*, qui marque le retour au théâtre de l'aîné des Corneille. Le 15 février, il évoque pour la première fois la Troupe de Molière. Monsieur ayant honoré ses comédiens de sa présence au *Petit-Bourbon*, le gazetier se fend d'une poignée de versicules à l'enthousiasme encore contenu, ne citant ni le titre de la pièce ni le nom du « *premier acteur de ce lieu* ».

Acteur seulement ? Au cours du même mois de février, l'abbé Michel de Marolles, qui s'apprête à faire paraître la seconde édition de sa traduction des œuvres de Lucrèce, signale dans sa préface qu'« *un bel esprit en fait une traduction en vers* ». Il a lu « *deux ou trois stances du commencement du second livre* », qui lui ont semblé justes et agréables. « *Je m'assure*, ajoute-t-il, *que de ses bons amis, que j'estime extrêmement, ne manqueront pas de nous dire cent fois que le reste est égal, ce que j'aurai bien moins de peine à croire que le poète n'en doit avoir eu à le composer.* » Que le bel esprit en question soit Molière, le fait sera confirmé par l'abbé lui-même et par une demi-douzaine d'autres témoignages. Son travail ne sera pas imprimé et il faut le regretter. On pourrait vérifier s'il n'avait fait

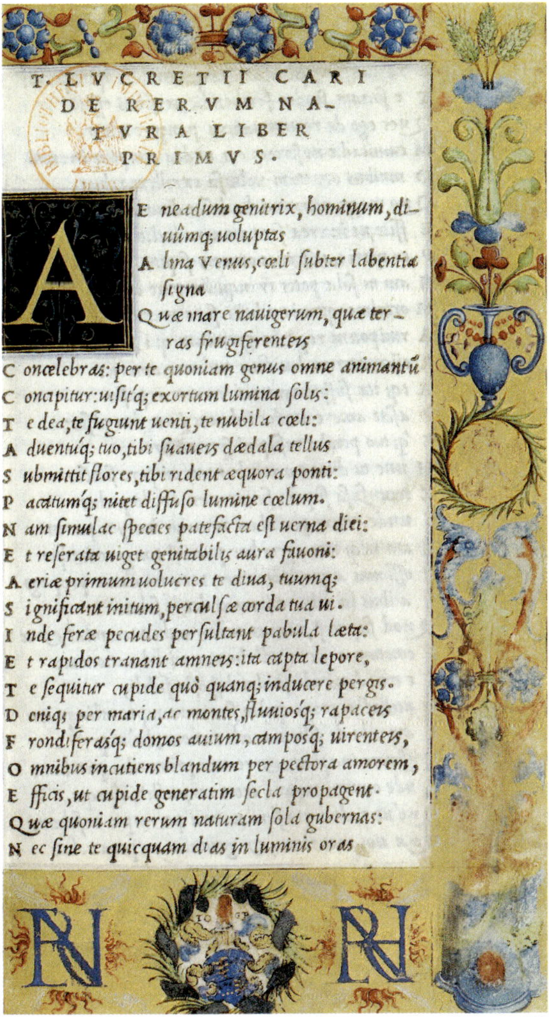

T. LVCRETII CARI
DE RERVM NA-
TVRA LIBER
PRIMVS.

AEneadum genitrix, hominum, di-
uûmq; uoluptas
Alma Venus, cœli ſubter labentia
ſigna
Quæ mare nauigerum, quæ ter-
ras frugiferenteis
Concelebras: per te quoniam genus omne animantũ
Concipitur: uiſitq; exortum lumina ſolis:
Te dea, te fugiunt uenti, te nubila cœli:
Aduentúq; tuo, tibi ſuaueis dædala tellus
Submittit flores, tibi rident æquora ponti:
Placatúmq; nitet diffuſo lumine cœlum.
Nam ſimulac ſpecies patefacta eſt uerna diei:
Et reſerata uiget genitabilis aura fauoni:
Aeriæ primum uolucres te diua, tuumq;
Significant initum, perculſæ corda tua ui.
Inde feræ pecudes perſultant pabula læta:
Et rapidos tranant amneis: ita capta lepore,
Te ſequitur cupide quò quanq; inducere pergis.
Denique per maria, ac montes, fluuióſq; rapaceis
Frondiferáſq; domos auium, campóſq; uirenteis,
Omnibus incutiens blandum per pectora amorem,
Efficis, ut cupide generatim ſecla propagent.
Quæ quoniam rerum naturam ſola gubernas:
Nec ſine te quicquam dias in luminis oras

125

que mettre en forme des pages choisies de la version de Marolles, comme celui-ci l'écrira avec amertume, en négligeant « *les points de doctrine et les raisonnements philosophiques de cet auteur, qui sont si difficiles* ». En 1682, un libraire refusera d'inclure ce qui en subsistait dans la première édition des œuvres complètes, au prétexte que « *cela était trop fort contre l'immortalité de l'âme* », et le manuscrit se perdra, comme tous les autres de Molière.

Ainsi, moins de six mois après son retour, et avant même d'avoir rien

126. Thierry Hancisse (Mascarille) dans *Les Précieuses ridicules*, 1993 [mise en scène de Jean-Luc Boutté, *Comédie-Française*].

127. Scène des *Précieuses ridicules* – Mascarille déguisé en petit marquis rencontre Madelon et Cathos –, par J. J. Grandville, vers 1845. Mine de plomb.

126

publié, l'auteur de *L'Étourdi* et du *Dépit amoureux* s'est taillé dans la capitale une réputation de bel esprit, quelque chose entre l'homme de goût et l'homme de lettres. Il fréquente des milieux sans rapport avec le théâtre et s'y est fait des admirateurs. Quels sont-ils, ces bons amis qui vantent dans les doctes assemblées les qualités de traducteur du chef de la Troupe de Monsieur ? Les mêmes, certainement, dont il s'honorera dans la préface des *Précieuses ridicules*, « *qui, pour la recommandation de ma pièce, ne m'auraient pas*

127

128

128. Caricature de Molière, par André Lebon, vers 1960-1970. Crayon.

129. *Nicolas Boileau-Despréaux*, par Émile Bayard, 1873. Gravure coloriée.

refusé ou des vers français, ou des vers latins. J'en ai même qui m'auraient loué en grec». Outre les deux Le Vayer, on peut citer, de l'entourage de l'abbé de Marolles, Antoine Furetière, qui ne songe pas encore à composer son *Dictionnaire*, et plusieurs hellénistes, dont l'académicien Gilles Boileau, premier de la nombreuse fratrie Boileau, avec lequel Molière aurait fait connaissance.

N. BOILEAU-DESPRÉAUX

Né en 1636. Mort en 1711.

Ce n'est pas le moindre paradoxe du personnage, modèle des comédiens français, que sa vie publique ait été entièrement vouée au théâtre, alors que ses amitiés, ses goûts, ses appétences intellectuelles, pour ce que nous en savons, le portaient vers les salons et les compagnies savantes, vers des peintres et des poètes, des traducteurs et des historiens, des philosophes et des physiciens, des médecins et des voyageurs.

Son intérêt pour Lucrèce, poète notoirement antireligieux, conduit à s'interroger sur la foi du futur auteur de *Dom Juan*. Quoi qu'on en écrive encore çà et là, tout chez Molière, depuis ses fréquentations jusqu'aux éloges que lui ont prodigués les « *esprits forts* » de son temps, en passant par l'œuvre elle-même, expression, selon le professeur McKenna, d'« *un système de valeurs étranger au christianisme* », dénote une incrédulité foncière, en religion comme en médecine. Mais dans ce « *siècle des saints* », le soupçon d'athéisme ne suffit pas à conduire au bûcher…

À l'époque, l'année théâtrale court de Pâques à Pâques. La meilleure période pour la comédie, au sens large du mot, est l'hiver, en particulier les longues semaines de carnaval, qui vont du jour des Rois au mercredi des Cendres. Les troupes cessent leur activité avant les Rameaux et reprennent après trois ou quatre semaines de relâche imposé.

130. La Description des superbes machines et des magnifiques changemens de theatre du Festin de pierre ou l'Athée foudroyé, de Monsieur de Moliere, [s. l.,] XVIIe siècle.

LA DESCRIPTION DES SVPERBES MACHINES ET DES MAGNIFIQVES CHANGEMENS DE THEATRE DV FESTIN DE PIERRE Ou l'Atheé foudroyé, de Monsieur de Moliere,

AVANT PROPOS.

SI des cinq sens que la Nature a distribué pour la satisfaction de l'homme, l'oüye & la veüe tiennent l'ame dans vn estat capable d'en goûter vn solide plaisir, on peut dire à la gloire de l'incomparable Autheur du FESTIN DE PIERRE qu'il a fait de cét Ouvrage le plus aymable divertissement, qu'on puisse recevoir par ces deux portes de l'Ame, la diversité des Personnages, leur Caractere si bien touché dans le cours de cette piece, fournissent tout ce que peut exiger le goût des Sçavans, & chaque Genre d'esprit y trouve a joüir des agrémens de cette diversité surprenante, les six magnifiques changemens de Theatre qui secondent ce Poëme, produisent de nouvelles beautez, & de tout ce que la Scene Françoise à l'imitation des Italiens, a pû mettre au jour sur ce sujet, ce dernier Festin de Pierre a couronné l'œuvre nous y contribuerons pour vos satisfactions tout ce que demande se sujet dans sa representation.

Argument du premier Acte.

L'Ouverture du Theatre se fait par vn magnifique Iardin. Apres que les yeux ont eu loisir de se satisfaire à considerer sa beauté, Gusman valet de Dom Eluire, Maistresse de Dom Iuan, demande à Sganarelle son valet les desseins de son Maître, & ce qu'il a envie de faire apres avoir

A.

Pendant la clôture de Pâques 1659 et dans les jours qui suivent, la troupe est profondément renouvelée : Joseph Béjart meurt, Charles Dufresne se retire et les Du Parc passent au *Marais* (ils reviendront l'année suivante). Le départ de Gros-René, principal partenaire comique de Molière depuis une dizaine d'années, est compensé par l'arrivée de Jodelet, qui apporte avec lui un répertoire de comédies de Scarron, du cadet Corneille et d'autres, écrites pour lui au cours des dernières années. À plus de soixante ans, sa carrière touche à sa fin. Il mourra en mars 1660, après avoir été le Vicomte des *Précieuses ridicules*.

En même temps que le célèbre « *enfariné* » et son frère L'Espy, trois acteurs « *nouveaux à Paris* » font leur entrée : Philibert Gassot Du Croisy et sa femme Marie, et surtout Charles Varlet de La Grange, qui a juste vingt ans et dont on ignore tout du parcours jusqu'à cette date. Engagé pour interpréter les rôles de jeunes premiers, il sera, entre autres, Éraste dans *Les Fâcheux*, Horace dans *L'École des femmes*, Dom Juan dans *Le Festin de Pierre* et Philinte dans *Le Misanthrope*. Mais il est aussi l'homme du fameux « registre », grâce auquel on peut suivre presque au jour le jour la vie de la troupe pendant un quart de siècle. Toutes les représentations, publiques et privées, qu'elle donnera entre Pâques 1659 et la fin de l'été 1685 sont en effet consignées

131. Maquette de costumes pour *Les Fâcheux*, par Charles Bétout, 1921 [mise en scène de Georges Berr]. Crayon, aquarelle et gouache.

132. Frontispice et page de titre de *L'École des femmes*, d'après Pierre Brissart. Gravure tirée des *Œuvres*, 1682.

131

L'ESCOLE DES FEMMES

L'ESCOLE
DES
FEMMES.

COMEDIE.

Repreſentée pour la premiere fois à Paris, ſur le Theâtre du Palais Royal, le 26. Decembre 1662.

Par la Troupe de MONSIEUR Frere Vnique du Roy.

132

LE THÉAT
et Comœdia Illustr
27e Année – N° 38 – Nlle Série
15 Octobre 1924
Prix 3 frs.
M. LUCIEN GUITRY
L'École des Femmes

133

dans ce gros cahier relié en parchemin. Pour chaque date, La Grange indique le titre de la (ou des) pièce(s) jouée(s), le chiffre de la recette brute et celui de la part que chaque acteur a perçue après déduction des frais généraux, tous éléments qui permettent d'apprécier le succès ou l'échec d'une pièce et les gains des comédiens. Cependant il ne précise pas le nombre de spectateurs, qui reste difficile à évaluer, en raison des forts écarts de prix qui existent entre les différents types de places : au parterre, sur la scène et dans les loges. À ces données brutes s'ajoutent ici ou là quelques commentaires sur des événements qui ont affecté la vie de la troupe. Un document, on le voit, capital pour la connaissance de Molière et pour l'histoire du théâtre, malgré les erreurs parfois importantes qu'il contient ; document comme on ne dispose d'équivalent pour aucune autre troupe du XVIIe siècle.

On apprend ainsi que, au cours des trois premiers mois de la saison théâtrale 1659-1660, la troupe, qui teste sa nouvelle composition, a joué plus de vingt pièces différentes, moitié tragédies, moitié comédies, en moins de quarante représentations. Il est clair que les comédiens de Monsieur ambitionnent de concurrencer ceux de son frère sur leur propre terrain. On apprend de surcroît que dans le seul premier mois elle a joué six fois pour le roi ou en sa présence, à Chilly, à Saint-Cloud, à Vin-

133. Lucien Guitry dans Arnolphe de *L'École des femmes.* Couverture de la revue *Le Théâtre*, 15 octobre 1924.

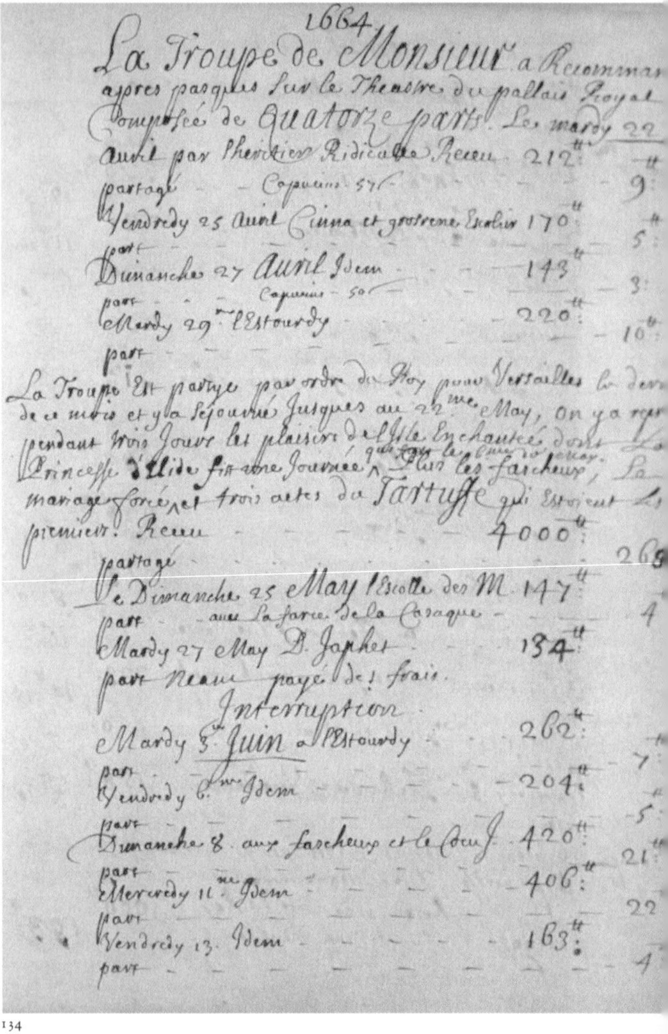

1664.

La Troupe de Monsieur a Recommancé apres pasques sur le Theatre du pallais Royal composée de Quatorze parts. Le mardy 22 avril par lheritier Ridicule Receu — 212lt

partagé — Capucins 57s — 9lt

Vendredy 25 avril Cinna et grosrene Escolier 170lt

part — 5lt

Dimanche 27 avril Idem — 143lt

part — Capucins 50s — 3

Mardy 29me lEstourdy — 220lt

part — 10lt

La Troupe Est partye par ordre du Roy pour Versailles le dernier de ce mois et y a sejourné jusques au 22me May, on y a représenté pendant trois Jours les plaisirs de l'Isle Enchantée dont La Princesse d'Elide fit une Journée, qui furent les 7, 8 et 9 may. Plus les fascheux, Le mariage forcé et trois actes du Tartuffe qui Estoient les premiers. Receu — 4000lt

partagé — 265

Le Dimanche 25 May lEscolle des M. 147lt

part avec La farce de la Casaque — 4

Mardy 27 May D. Japhet — 134lt

part Neant payé des frais.

Interruption

Mardy 3e Juin lEstourdy — 262lt

part — 7lt

Vendredy 6me Idem — 204lt

part — 5

Dimanche 8 aux fascheux et le Cocu I. 420lt

part — 21

Mercredy 11me Idem — 406lt

part — 22

Vendredy 13 Idem — 163lt

part — 4

134

135

cennes, au Louvre. Uniquement des farces et des comédies, dont *Les Visionnaires* de Desmarets de Saint-Sorlin, qu'au dire de sa seconde belle-sœur, Madame Palatine, le jeune Louis XIV connaissait par cœur. La fréquence de ces représentations « privées » permet de supposer que d'autres ont eu lieu pendant le carnaval, entre le retour de Lyon et la clôture de Pâques. Trois mois d'absence n'ont donc pas fait oublier au roi la soirée du 24 octobre 1658.

En juillet, la cour quitte Fontainebleau pour un nouveau voyage, qui en un an la conduira de l'Aquitaine à la Provence, puis à Saint-Jean-de-Luz, où Louis XIV épousera sa cousine l'infante Marie-Thérèse. De

134. Page du Registre de La Grange : « *Extraict des receptes et des affaires de la Comédie* », ou journal des activités quotidiennes de la troupe de Molière pour le premier semestre 1664, tenu par Charles Varlet de La Grange de 1659 à 1685.

135. Festin donné après le mariage de Louis XIV et Marie-Thérèse, fille du roi d'Espagne, à Saint-Jean-de-Luz le 9 juin 1660. Gravure.

HISTOIRE

DE LA TRIOMPHANTE ENTREE DV ROY ET DE LA REYNE DANS PARIS

le 26. d'Aoust, 1660.

AVEC LA REPRESENTATION ET L'EXPLICATION DES ARCS TRIOMPHAVX QVON Y AVOIT ESLEVÉ ET DE TOVTES LES AVTRES MAGNIFICENCES.

A Paris chez van Merlen, rue S.t Iacques a la ville d'Anuers. 1665.

Toutes ces figures n'ont esté grauées que pour faire connoistre aux estrangers les magnificences que les Parisiens ont emploié pour la reception de leurs Majestez. On peut transporter par ce secours les arcs triomphaux et les machines que la grandeur rendoit inesbranlables; et la posterité sera bien aise d'admirer le plus grand et le plus pompeux ouurage de nostre siecle. Et afin de le reconnoistre plus aisement, nous auons adjouté quelques legeres obseruations, dont chaque article designé par vn chiffre particulier, fera connoistre la figure qu'il explique.

I. Cette figure represente le trosne ou leurs Majestez receurent l'hommage de tous les Ordres de Paris. On l'auoit esleué dans l'extremité du fauxbourg S.t Antoine a la veüe de Vincennes sur vne Estrade de trente six pieds. les dorures qui en ornoient les dehors, et les belles estoffes du dedans n'y furent presque pas considerées, quoy qu'elles fussent tres belles. L'esclat de leurs Majestez surprenoit les yeux des Spectateurs d'vne telle maniere, qu'il ne leur laissoit pas la liberté de s'occuper ailleurs que sur leurs personnes.

II. Cette figure represente l'arc de triomphe qu'on auoit esleué au milieu du fauxbourg S.t Antoine. Il auoit dix toises de faces sur huit de hauteur. Trois arcades costoiées de leurs colomnes de marbre rouge jaspé, auec leurs bases et leurs chapiteaux de bronze y seruoient de passage. Celle du milieu estoit fermée par vne Console qui portoit le buste de la Vertu a qui deux renommées apportent des palmes et des couronnes. Les deux autres portiques estoient charges de deux bas reliefs, dont l'vn estoit le symbole du triomphe du Roy et l'autre de celuy de la Reyne. les Triglifes de la Frise estoient dorées, aussy bien que les chiffres et les armoiries de leurs Majestez qu'on auoit entremeslez dans les Metopes. Au dessus de cette architecture Dorique on auoit esleué vn corps Attique haut de sept pieds, au dessus de la Corniche. La table du milieu estoit chargée d'vne inscription d'or qui marquoit la joie des Parisiens. Celles des costez estoient chargées de festons et de guirlandes, auec vn Soleil et la deuise **DEDIT ILLE DIEM**, *c'est luy qui a donné le jour, et vne Lune pour la Reyne,* **DEDIT ILLA QVIETEM** *C'est elle qui a donné le repos. Six figures de relief plus grandes que le naturel estoient sur le haut de l'Attique, la Fidelité, l'Obeissance, la Ioie, la Reconnoissance, la Concorde, et la Constance, estoient toutes disposées de rendre les premiers honneurs a leurs Majestez triomphantes.*

III. Dans la troisiesme figure on reconnoit l'abord de Paris par le chasteau de la Bastille qui s'esleue sur la gauche, et par le plus grand bastion du monde sur la droitte. les jambages de pierre qu'on auoit fait pour soutenir la premiere barriere, furent changez en pied d'estaux qu'on chargea de 2. figures; l'vne representoit le Roy sous la figure de l'Hercule Gaulois, la Reyne a dans l'autre les ornemens de Minerue. on auoit mis sur les murs qui forment l'entrée du Pont Dormant quantité de vases a l'antique.

IV. La quatriesme figure nous fait voir le grand arc de pierre de taille qu'on a construit sur le Pont Dormant. Il laisse trois passages celuy du millieu en forme d'arcade est pour les carosses, et les deux autres pour les gens de pied: et par ce qu'ils sont plus bas que celuy du milieu, on a jugé a propos d'en orner les niches qui sont au dessus de deux figures, dont l'vne est l'Esperance de la France et l'autre la Seureté du public. Sur la clef qui ferme la voute du grand Portique on voit vne Consolle qui soutient le buste du Roy. les deux fleuues qui arrosent la ville, la Seine et la Marne remplissent les impostes. L'Attique est fermée par vne table de marbre noir qui est chargée de l'inscription. Au dessus sont les armoiries de France et de Nauarre couronnées et ornées a l'ordinaire. Les encognures du fronton sont remplies de trophées d'armes. trois figures rendent le dessus fort magnifique. l'Hymen debout semble approuuer l'vnion de la France et de l'Espagne qui sont assises a ses pieds. Les niches sont remplies de deux vaisseaux qui sont les armes de la ville, et les extremitez sont chargées de deux pyramides a la pointe desquelles on auoit mis de grosses fleurs de Lys double. On a estendu les ornements jusques a deux pilastres qui sont chargez chacun de deux petits Amours qui soutiennent des trophées de luths, de carquois, et de couronnes.

V. La porte de la ville n'estoit pas assez superbe pour respondre a toutes les autres parties du triomphe: mais pour ne pas destruire son architecture qui s'estoit rendue venerable par son antiquité, on se contenta de la couurir d'vn riche tableau, ou les principaux Officiers de la ville rendoient leurs respects au Roy au nom de tous les Parisiens: Des festons luy seruoient de bordure aussy bien qu'a l'inscription qu'on voit au dessous qui en descrit la pensée. le reste fut orné de tapisseries.

136

retour à Fontainebleau à la mi-juillet 1660, le couple royal fera son entrée solennelle dans la capitale le 26 août. Dans l'intervalle, les comédiens de Monsieur auront été requis quatre fois pour jouer devant lui. Ces représentations « *en visite* », c'est-à-dire à domicile, soit à un membre de la famille royale, soit à quelque grand seigneur, ministre, financier ou magistrat, au fil des mois plus fréquentes, deviendront l'une des pratiques les plus originales et les plus gratifiantes de la troupe. « *La visite particulière*, écrit C.E.J. Caldicott, *était devenue une manifestation de la mode. En invitant Molière, on affichait son bon goût et une certaine prise sur la réalité contemporaine.* »

Pour l'heure, les Italiens ayant regagné leur pays (ils seront de retour en 1662), les comédiens de Monsieur occupent seuls la scène du *Petit-Bourbon* et s'essaient, avec des résultats d'abord médiocres, à tailler des croupières à leurs concurrents du *Marais* et de l'*Hôtel de Bourgogne*. Puis, le 18 novembre, ils donnent en complément de *Cinna* la première d'une pochade en prose intitulée *Les Précieuses ridicules*. Sur une intrigue bricolée à partir d'éléments repris de comédies qui font partie du répertoire de la troupe, Molière a greffé une parodie burlesque des pratiques galantes, dites « *précieuses* », en vogue depuis une demi-douzaine d'années. Le résultat est un spectacle truffé de clins d'œil à l'actualité mondaine, littéraire et

136. Relation de l'entrée triomphale de Louis XIV et de Marie-Thérèse à Paris le 26 août 1660.

137

137. Perruques utilisées dans *Les Précieuses ridicules*, 1993 [mise en scène de Jean-Luc Boutté, *Comédie-Française*].

138. Satyre au masque. Frontispice des *Œuvres*, 1700.

139. Gravure de Laurent Cars, d'après François Boucher. Frontispice et page de titre des *Précieuses ridicules*, 1734.

théâtrale — l'auteur y égratigne au passage la diction ronflante de ses collègues de l'*Hôtel* —, un « tableau du temps » comme la tradition comique française n'en avait pas encore proposé. Molière, front et yeux couverts d'un demi-masque à l'italienne, perché sur d'interminables talons et noyé dans un flot de rubans et de canons, y chante, danse et « *galantise* » en faux marquis de Mascarille, aux côtés d'un faux vicomte de Jodelet, vieux briscard égrotant au visage enfariné, tandis que Cathos et Madelon (Catherine de Brie et Madeleine Béjart), les deux « *pecques provinciales* » qui leur font fête, citent les

LES ŒVURES
DE
MOLIERE.

138

LES PRECIEUSES RIDICULES.
LES
PRECIEUSES
RIDICULES,
COMÉDIE.
SCENE PREMIERE.
LA GRANGE, DU CROISI.
DU CROISI.
SEIGNEUR la Grange.
LA GRANGE.
Quoi ?
DU CROISI.
Regardez-moi un peu sans rire.
LA GRANGE.
Hé bien ?
DU CROISI.
Que dites-vous de notre visite ? en êtes-vous fort satisfait ?

139

140

140. Maquette des *Précieuses ridicules* avec la Carte du Tendre, par Christine Laurent, 1971 [mise en scène de Jean-Louis Thamin]. Carton peint.

141. Costumes de Mascarille et des porteurs pour *Les Précieuses ridicules*, par Pierre Roy, 1966. Aquarelle.

recueils de poèmes à la mode, la Carte du Tendre et les romans de Madeleine de Scudéry. Quoique soigneusement préparé par des lectures dans les salons, le succès dépasse toutes les attentes : plus de quarante représentations en dix mois, sans compter les visites, la moins étonnante n'étant pas celle que le janséniste Arnaud d'Andilly offre à son fils Pomponne à l'occasion de son mariage. Il vaut également à Molière ses premières polémiques d'auteur et ses premiers démêlés avec les libraires.

À Rouen, les frères Corneille ont reçu en même temps et avec la même consternation la nouvelle du triomphe des *Précieuses* et celle de l'échec d'une tragédie dont un de leurs amis avait confié la création à la Troupe de Monsieur et qui a quitté l'affiche après trois représentations seulement. « *Je suis fâché*, écrit Thomas à un correspondant parisien, *que la haute opinion que M. de La Clairière avait du jeu des Messieurs de Bourbon n'ait pas été remplie avantageusement pour lui. Tout le monde dit qu'ils ont joué détestablement sa pièce… Le grand monde qu'ils ont eu* [ensuite] *à leur farce fait bien connaître qu'ils ne sont propres qu'à soutenir de semblables bagatelles et que la plus forte pièce tomberait entre leurs mains.* »

À Paris, quelques jeunes gens prêts à tout pour se faire un nom dans le monde des lettres, du théâtre et de la librairie, admirateurs peu scrupuleux du nouvel auteur à la mode, vont,

141

142

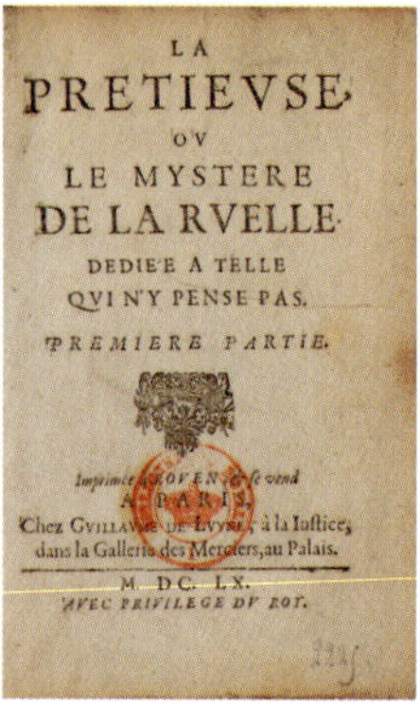

LA

PRETIEVSE

OV

LE MYSTERE

DE LA RVELLE

DEDIEE A TELLE

QVI N'Y PENSE PAS.

PREMIERE PARTIE.

Imprimé à ROVEN, & se vend

A PARIS,

Chez GVILLAVME DE LVYNE, à la Iustice,

dans la Gallerie des Merciers, au Palais.

M. DC. LX.

AVEC PRIVILEGE DV ROY.

143

142. *Atelier d'imprimerie*, par Abraham Bosse, 1642. Eau-forte.

143. Page de titre de *La Pretieuse ou le Mystere de la ruelle, dédiée à telle qui n'y pense pas*, par Michel de Pure, 1660.

144. Page de titre du *Grand Dictionaire des Pretieuses*, par Antoine Baudeau de Somaize, 1661.

pendant vingt mois, exploiter l'engouement suscité par ses *Précieuses* dans les ruelles et les alcôves. Dès les premiers jours de janvier 1660, avec la complicité du libraire Jean Ribou, dont ce sont les débuts, Antoine Baudeau de Somaize, secrétaire de Marie Mancini, secondé par Jean Donneau de Visé, jeune « nouvelliste » qui créera plus tard le fameux *Mercure galant*, détourne la comédie de Molière, forçant celui-ci à la laisser imprimer malgré lui, et en « décline » le thème et les motifs dans quelques œuvrettes sans valeur, puis dans un ambitieux *Dictionnaire des précieuses, historique, poétique, géographique, cosmographique, chronologique et armoirique*, dont il emprunte le titre burlesque à un best-seller de l'édition religieuse : le *Dictionnaire théologique, historique, cosmographique*, etc., d'un certain Juigné-Broissinière, sieur de… Mollières ! Les trois pirates sont soutenus, dans leurs louches activités, par une gazette en vers concurrente de celle de Loret, dont le rédacteur, Charles Robinet, est également celui de l'officieuse *Gazette* en prose, dite *de Renaudot*.

LE GRAND

DICTIONAIRE DES PRETIEVSES,

HISTORIQVE, POETIQVE, Geographique, Cosmographique, Cronologique, & Armoirique : où l'on verra leur Antiquité, Coustumes, Deuises, Eloges, Etudes, Guerres, Heresies, Ieux, Loix, Langage, Mœurs, Mariages, Morale, Noblesse ; auec leur politique, predictions, questions, richesses, reduits & victoires ; Comme aussi les Noms de ceux & de celles qui ont iusques icy inuenté des mots Pretieux.

Dedié à Monseigneur le Duc de Guise.

Par le Sieur DE SOMAIZE, Secretaire de Madame la Conestable Colonna.

PREMIERE PARTIE.

A PARIS,
Chez IEAN RIBOV, sur le Quay des Augustins, à l'Image S. Loüis.

M. DC. LXI.

AVEC PRIVILEGE DV ROY.

144

145

145. Travaux de la colonnade du Louvre, par Sébastien Leclerc l'Ancien, XVIIe siècle. Estampe.

146. Frontispice de *Sganarelle ou le Cocu imaginaire*, d'après Pierre Brissart. Gravure tirée des *Œuvres*, 1682.

Le succès des *Précieuses ridicules* est amplement confirmé par celui du *Cocu imaginaire*, créé à la fin de mai 1660, qui sera la pièce de Molière la plus souvent représentée de son vivant, celle aussi qui, pour la première fois sans doute, donne à voir le personnage de Sganarelle — le Trompé selon son étymologie italienne.

Le 11 octobre 1660, les mêmes maçons et ouvriers du bâtiment dont un début de « sédition » a été maté à la mi-juin commencent à démolir le *Petit-Bourbon*, mettant les comédiens de Monsieur en chômage technique. Sollicité par son frère, le roi leur accorde la *Salle du Palais-Royal*, désaffectée depuis plusieurs années. De lourds travaux de réhabilitation sont nécessaires. Ils dureront jusqu'en janvier suivant. Trois mois pendant lesquels les autres troupes cherchent à semer la division entre Molière et ses camarades et à attirer certains d'entre eux. « *Mais toute la troupe de Monsieur demeura stable*, écrit La Grange. *Tous les acteurs aimaient le sieur de Molière, leur chef, qui joignait à un*

Double page suivante :
147. *Portrait de Molière*, par Charles Le Brun, 1660. Huile sur toile.

148. Sacha Guitry en Louis XIV et Gilbert Boka en Louis XVI. Pause pendant le tournage de *Si Versailles m'était conté*, film de Sacha Guitry, 31 août 1953.

149. *Molière faisant l'aumône à l'entrée du théâtre*, par Édouard-Henri-Théophile Pingret, 1834. Huile sur toile.

146

147

mérite et une capacité extraordinaires une honnêteté et une manière engageante qui les obligea tous à lui protester qu'ils [...] *ne le quitteraient jamais* [...] *quelque avantage qu'ils pussent trouver ailleurs.* » Beau témoignage de solidarité, dont on retrouve l'expression parallèle dans la quinzaine d'invitations qui sont faites à la troupe, au cours de cette période, à venir jouer au Louvre et dans de grandes demeures parisiennes. Pour un peu, on se persuaderait que la délicate transition d'un lieu à l'autre et d'une ère à l'autre s'est effectuée de conserve avec l'autorité politique.

148

PREMIERE
PARADIS

Le 4 février 1661 (la salle rénovée du *Palais-Royal* est ouverte depuis deux semaines), la Troupe de Monsieur donne la première représentation d'une tragi-comédie de son chef, *Dom Garcie de Navarre ou le Prince jaloux*, accompagnée d'une farce, *Gorgibus dans le sac*, dont le roi a eu la primeur quelques jours plus tôt. Molière attend beaucoup de cette œuvre « *sérieuse* », qu'il peaufine depuis longtemps, peut-être même avant le retour à Paris, et qu'il lisait dans les salons dès l'automne 1659. Il tient lui-même le rôle-titre, face à Madeleine Béjart en Elvire. Les six premières représentations produisent des recettes honorables. La septième enregistre une chute vertigineuse : l'équivalent de quatre-vingt-treize places de parterre. Pour peu qu'une ou deux loges aient été occupées…

150

150. Frontispice de *Dom Garcie de Navarre ou le Prince jaloux*, d'après Pierre Brissart. Gravure tirée des *Œuvres*, 1682.

INCE JALOUX

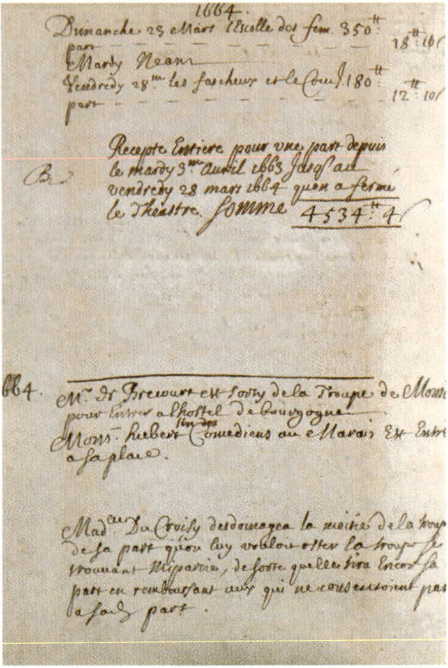

1664.
Dimanche 23 Mars l'Escolle des fem. 350tt
part 18tt 16s
Mardy Neant
Vendredy 28me les facheux et le Cocu. 180tt
part 12tt 10s

Receptte Entiere pour une part depuis le mardy 3me avril 1663 jusqu'au vendredy 28 mars 1664 quon a fermé le Theatre somme 4534tt 4s

1664. Mr de Brecourt est sorty de la Troupe de Mons[ieur] pour entrer a l'hostel de bourgogne.
Mons. hubert l'un des Comediens du Marais Est Entré a sa place.

Madlle Du Croisy dedomagea la moitie de la troupe de sa part qu'on luy vouloit oster la troupe se trouvant Mipartie, de sorte qu'elle tira Encor sa part en remboursant ceux qui ne consentoient pas a sa d. part.

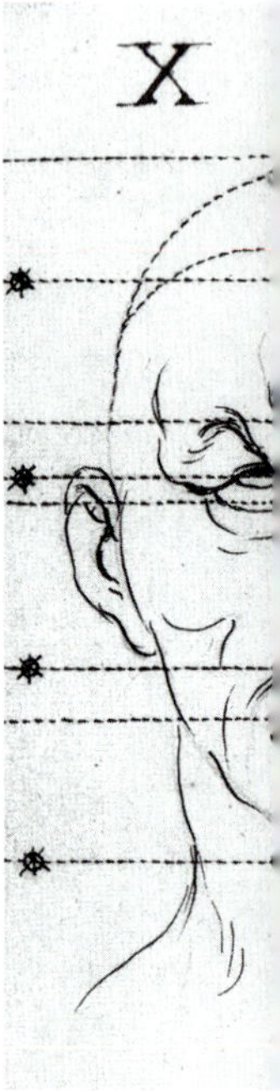

151

151. Registre de La Grange, 1664. Remarques sur les déplacements des comédiens d'une troupe à l'autre.

152. Étude d'expressions : *Le Désespoir*, par Charles Le Brun, XVIIe siècle. Encre et pierre noire.

153. *Costume de Louis XIV*, par André Derain, vers 1903. Huile sur toile.

Cette déroute, les détracteurs de Molière l'imputeront à son mauvais jeu tragique, et le fait est qu'à partir de cette date, non seulement il renonce à écrire dans les genres dits « nobles », mais il cesse rapidement de jouer dans les tragédies que sa troupe propose au public, puis d'interpréter d'autres rôles comiques que ceux qu'il écrit pour lui-même. L'explication est trop courte. Sans doute faut-il chercher du côté de la concurrence, particulièrement vive en ce début d'année. Ce jeudi 17 février, les

comédiens du *Marais* donnent eux aussi une première, celle de *Jason ou la Toison d'or*, tragédie à machines de Pierre Corneille, qu'ils annonçaient depuis des mois et que Loret qualifiera de « *merveille de la cité* ». À l'*Hôtel de Bourgogne*, le succès de *Camma, reine de Galatie*, de Thomas, est tel qu'on a décidé de jouer également le jeudi. À quoi s'ajoute la répétition, au Louvre, du *Ballet royal de l'impatience*, qui sera dansé quelques jours plus tard par Louis XIV et bon nombre de courtisans.

Double page précédente :
154. Molière et les personnages de ses comédies, par Edmond Geoffroy, 1857. Huile sur toile.

155. Frontispice de *L'École des maris*, d'après Pierre Brissart. Gravure tirée des *Œuvres*, 1682.

156. *Nicolas Fouquet, surintendant des Finances*, par Édouard Lacretelle, XIXe siècle. Huile sur toile, d'après Robert Nanteuil.

Quoi qu'il en soit, il faut que l'échec ait été cuisant car, sans attendre une possible remontée des chiffres, *Dom Garcie* est retiré de l'affiche et remplacé par une tragédie nouvelle… qui attirera moins de spectateurs encore. Molière continuera de le défendre dans des représentations « privées », à la cour en particulier. Deux ans plus tard, il tentera même, sans succès, de lui donner une seconde vie, en confiant le rôle-titre à l'un de ses camarades. Mais il ne le fera pas imprimer, et, signe d'un abandon définitif, il en « recyclera » plusieurs fragments dans *Le Misanthrope*.

Dans la nuit du 8 au 9 mars, Mazarin meurt. Le lendemain, Louis XIV, qui jusqu'au dernier jour lui a délégué l'entièreté de l'action politique, réunit le Conseil d'En-Haut et annonce aux princes, ducs et ministres stupéfaits qu'il a « *pris la résolution de gouverner lui-même son État, sans s'en reposer que sur ses propres soins* ». Puis, ajoute la chronique, il les « *congédia bien honnêtement, en leur disant que, quand il aurait besoin de leurs bons avis, il les ferait appeler* ». C'est le début d'un règne personnel qui durera cinquante-trois ans. Dorénavant, Molière et ses camarades n'auront plus affaire qu'au roi. Si Philippe d'Orléans est bien leur protecteur en titre, il apparaît qu'il n'a jamais versé la pension annuelle promise à chacun d'eux en 1658 et que son frère est l'unique commanditaire de la troupe. C'est tout de même à Monsieur que Molière dédie son *École*

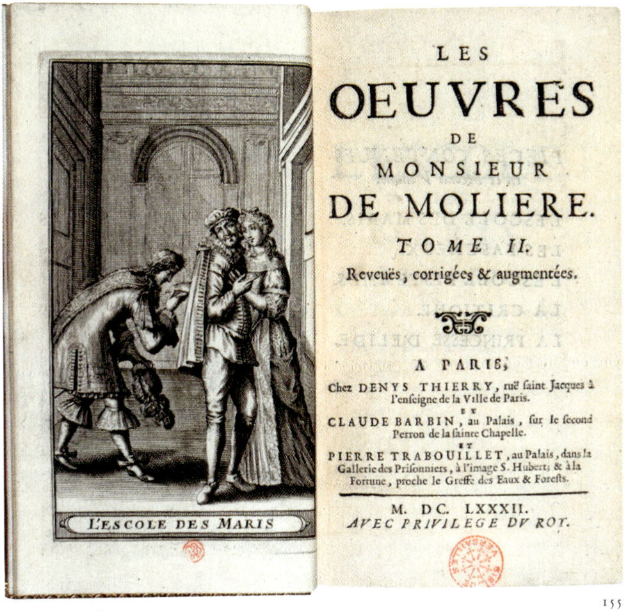

155

156

des maris, créée le 24 juin 1661, et toutes les épîtres dédicatoires qu'il écrira par la suite seront adressées à un membre de la famille royale, exemple unique dans l'édition théâtrale du XVIIe siècle.

La suivante sera pour offrir à Louis XIV la comédie des *Fâcheux*, qui en bonne justice aurait dû être dédiée à son promoteur, le surintendant des Finances Nicolas Fouquet. Seulement voilà. Commandée à Molière vers la mi-juillet, créée le 17 août, en présence de la cour, dans les jardins de Vaux-le-Vicomte livrés à une savante débauche de jeux d'eau et de feux d'artifice, redonnée dix jours plus tard pour le roi à Fontaine-

Double page suivante :
157. Ce n'est qu'au XIXe que le château de Fontainebleau sera doté d'un véritable théâtre.

bleau, elle vaudra à Fouquet, s'il faut en croire l'histoire anecdotique, d'être arrêté à Nantes par le lieutenant d'Artagnan, le 5 septembre, jour anniversaire de la naissance du roi, lequel viendra en personne et à cheval orchestrer un événement qui consacre la victoire de l'implacable Colbert sur son trop fastueux ennemi.

« *Cette fête*, écrit pudiquement Molière dans son avertissement, *a fait un tel éclat qu'il n'est pas nécessaire d'en parler, mais il ne sera pas hors de propos de dire deux paroles des ornements qu'on a mêlés avec la comédie.* » Et d'expliquer la genèse d'un spectacle où les contraintes et contingences de la création collective ont fait alterner, sur une même thématique, entrées de ballet et scènes de comédie, première ébauche d'une forme que Molière ne cessera d'affiner jusqu'à sa mort. Domestique de l'hôte et chantre des lieux, La Fontaine a assisté à la fête. Dans les jours qui suivent, il en adresse à son ami Maucroix une longue relation mi-prose mi-vers où se lit le plus bel hommage rendu de son vivant à Molière écrivain : « ... *C'est mon homme. / Te souvient-il bien qu'autrefois / Nous avons conclu d'une voix / Qu'il allait ramener en France / Le bon goût et l'air de Térence ? / Plaute n'est plus qu'un plat bouffon, / Et jamais il ne fit si bon / Se trouver à la comédie...* »

Une des premières mesures que prendra Colbert, en succédant à Fouquet, sera la création d'une « *académie royale des inscriptions et médailles* » chargée

158

158. Vue de Paris (au fond, l'île de la Cité), décor d'opéra par Giacomo Torelli, 1644.

159. Maquette de costumes pour *Les Fâcheux*, par Charles Bétout, 1921 [mise en scène de Georges Berr]. Crayon, aquarelle et gouache.

d'asseoir le prestige de la monarchie française dans le royaume et hors de ses frontières, dans le présent et dans l'avenir, en exaltant « *la splendeur des actions illustres de Sa Majesté et les merveilles de sa vie* ». C'est dans ce cadre que sera instituée la politique de pensions royales, pour laquelle le poète et critique Jean Chapelain dresse une « *Liste de quelques gens de lettres vivant en 1662* ». On y lit, sous le nom de Molière : « *Il a connu le caractère du comique et l'exécute naturellement. Sa morale est bonne et il n'a qu'à se garder de la scurrilité.* » Autant dire de sa propension à la bouffonnerie, défaut, si c'en est un (et pour saint Paul c'est même un vice), qu'il partage avec d'autres illustres moralistes, Cicéron par exemple, s'il faut en croire Plutarque.

160

Le 23 janvier 1662 — depuis trois mois *Les Fâcheux* triomphe au *Palais-Royal* — est signé, par-devant notaires et dans une stricte intimité familiale, le contrat par lequel « *Jean-Baptiste Pocquelin de Molière* », quarante ans juste, et « *damoiselle Armande Grésinde Claire Élizabeth Béjart* » (que de prénoms, et quels !) « *âgée de vingt ans ou environ* », promettent de se prendre pour époux. Célébré le 20 février, dans la même intimité, le mariage est fêté avec la troupe le lendemain mardi gras. Au regard de la loi, la promise est fille de Marie Hervé, veuve de Joseph I Béjart, et donc sœur de Madeleine. Pour ses contemporains, amis ou ennemis, elle est la fille de « *la Béjart* ». Au théâtre, où elle fera ses premiers pas dix-huit mois plus tard, elle sera « *Mademoiselle Molière* » ou « *la Molière* ».

L'année 1662 touche à sa fin. Année de terrible disette dans tout le royaume. À Paris, du blé importé de

160. Armoiries de Molière et de sa femme, Armande Béjart.

161. Armande Béjart en costume de Vénitienne jouant de la guitare, par Frédéric-Auguste Laguillermie, 1880. Gravure.

161

162

163

Prusse a été entreposé au Louvre «*pour y être distribué à juste prix aux habitants de la ville*». Pour les comédiens de Monsieur, elle a été marquée par un séjour de sept semaines à Saint-Germain-en-Laye, où la troupe a été requise pour divertir la cour pendant l'été, au grand dam de ses concurrents de l'*Hôtel*. Depuis deux mois, elle ne propose à son public que des tragédies, dans lesquelles Molière ne joue pas. Renforcée par l'arrivée en juin de deux acteurs nouveaux, La Thorillière et Brécourt, venus du *Marais*, où ils ont participé à la création du *Sertorius* de Corneille, elle compte à présent quinze membres à part entière. Peu d'entre eux pourtant, et, fait plus curieux encore, deux femmes seulement sur six, figurent dans la comédie dont elle donne, ce 26 décembre, la première représentation. *L'École des*

162. *Dialogue des personnages de Comédie*, par George Barbier, 1918. Encre de Chine.

163. Pompée et Perpenna dans *Sertorius* [de Pierre Corneille] par Wirscher, vers 1780. Gouache sur papier.

femmes, quatrième « grande comédie » de Molière, particulièrement économe en décor (une place publique) et en péripéties (« *les récits eux-mêmes*, selon l'auteur, *y sont des actions* »), semble avoir été écrite pour le trio Molière – La Grange – Catherine de Brie. Âgée alors de quelque trente ans, la de Brie sera Agnès jusqu'à sa mise à la retraite, au milieu des années 1680.

Le succès, là encore préparé de longue main, est au rendez-vous. La recette dépasse toutes celles enregistrées jusque-là. La pièce sera donnée trente et une fois d'affilée jusqu'au relâche de Pâques 1663 et trente fois encore après la reprise. Les visites seront en proportion. La première est, le soir des Rois, pour Louis XIV et ses proches, devant qui, écrit Loret, « *On joua* L'École des femmes, / *Qui fit rire Leurs Majestés / Jusqu'à s'en tenir les côtés,* / [...] *Pièce qu'en plusieurs lieux on fronde, / Mais où pourtant va tant de monde...* » Dès les premières représentations, en effet, des voix se sont élevées, dont celles des frères Corneille depuis peu installés à Paris, pour dénoncer les « *obscénités* » et les « *impiétés* » de Molière — le « *le...* » d'Agnès, le « *sermon* » d'Arnolphe et les « *Maximes du mariage* » qu'il donne à lire à sa jeune « *idiote* » —, et l'accuser de faire retomber la comédie dans les sales vieilles ornières d'où Richelieu l'avait arrachée.

164. Scènes du *Festin de pierre*, du *Misanthrope*, du *Tartuffe* et portrait de Molière, par Jan Punt, 1740. Gravures d'après des compositions de François Boucher, pour l'édition des *Œuvres*, 1741, aquarellées à la main.

164

Un jeune poète qui n'a encore rien publié et signe Despréaux dit sa colère et son admiration en une poignée de stances maladroites que Ribou et Donneau de Visé feront paraître à l'automne dans leurs *Délices de la poésie galante* : « *En vain mille jaloux esprits, / Molière, osent avec mépris / Censurer ton plus bel ouvrage ; / Sa charmante naïveté / S'en va, pour jamais, d'âge en âge / Enjouer la postérité… / Que tu ris agréablement ! / Que tu badines savamment !… / Laisse gronder tes envieux…* » Ce n'est pas du meilleur Boileau, mais la ferveur est là. Quelques mois plus tard, les deux hommes se lieront d'amitié.

165. Molière et Boileau, par Claude Gillot, XVIIIe siècle. Sanguine.

165

166

166. Les Batailles de Molière, Comédie-Française, 22 octobre 1956. Affiche.

La polémique enfle et se mue rapidement en une « querelle » semblable à celle que *Le Cid* a suscitée en 1637. Pendant un an exactement, cette guerre dite « *comique* » — après tout, il n'est jamais question que d'école et de femmes, et l'intervention de l'Académie ne s'impose pas… — va se livrer sur les fronts les plus divers — théâtres, palais et maisons royales, salons et hôtels parisiens —, et donner lieu à une formidable explosion de textes : pas moins de neuf comédies, des essais critiques, des lettres, des stances. Les positions et les objectifs de chaque camp n'apparaissent pas toujours avec clarté, mais le débat reste d'un bout à l'autre « transparent ». Tous les arguments, même les plus bas, sont mis sur la place publique. Une effervescence et une publicité qui contrastent vivement avec les maigres et sourdes polémiques que susciteront, au cours des deux années suivantes, *Le Tartuffe* et *Le Festin de pierre*.

167. Michel Aumont (Arnolphe) et Isabelle Adjani (Agnès) dans *L'École des femmes, Comédie-Française,* 1973.

167

168. Esquisse du décor de *L'École des femmes*, par Christian Bérard, 1936 [mise en scène de Louis Jouvet]. Gouache.

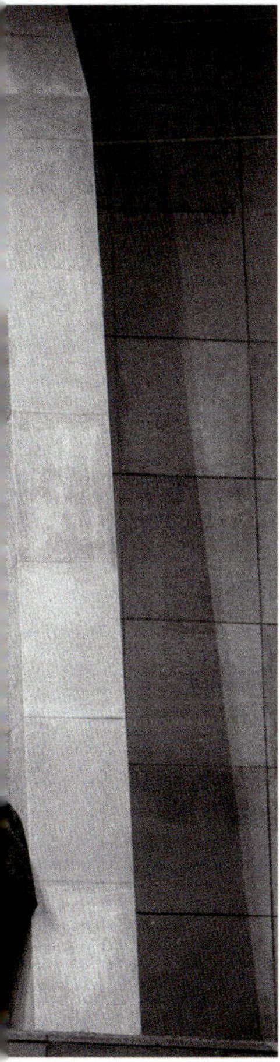

168

Au début de l'automne 1663, le prince de Condé invite la troupe dans son château de Chantilly et s'offre en une semaine un véritable festival Molière. Six pièces, pas moins, dont le malheureux *Dom Garcie de Navarre* ! Veut-il se convaincre que l'auteur des *Précieuses ridicules* est un grand dramaturge ? Le choix des œuvres représentées le suggère, d'où sont absentes les plus farcesques. Quoi qu'il en soit, dans les mois et les années suivants, il sera l'un des plus fidèles et des plus attentifs supporteurs de Molière. Il va en donner très vite un éclatant témoignage.

169

169. Le Duc d'Enghien, roi des Indes, lors du Carrousel de juin 1662 aux Tuileries, par Israël Silvestre, XVIIe siècle. Gravure en couleurs.

170. Portrait de Jean Racine, par son fils Jean-Baptiste, après 1714. Encre.

Malmené dans *L'Impromptu de Versailles* pour son jeu « *peu humain* » et son « *ton démoniaque* », le comédien Montfleury, jadis pourfendu par Cyrano, a présenté au roi une requête dans laquelle il accusait Molière « *d'avoir épousé la fille et d'avoir autrefois couché avec la mère* ». Bigre ! « *Mais Montfleury n'est pas écouté à la cour* », ajoute froidement le jeune Racine, notre seule source, qui ne semble pas autrement troublé par ce soupçon d'inceste. Le 11 décembre, le duc d'Enghien, fils de Condé, épouse la fille d'Anne de Gonzague, princesse Palatine, dont la sœur est reine de Pologne. Les noces, célébrées au Louvre, s'achèvent le soir à l'hôtel de Condé, en présence de la famille royale. Le prince, s'érigeant en modérateur d'une querelle qui menace

170

171

171. Frontispice de *L'Impromptu de Versailles*, d'après Pierre Brissart. Gravure tirée des *Œuvres*, 1682.

172. *L'Impromptu de Versailles*, par Adolphe Lalauze, 1874. Crayon rehaussé de gouache.

172

173

173. Georgette, servante d'Arnolphe, dans *L'École des femmes*, par Jacques Le Marquet, 1973 [mise en scène de Jean-Paul Roussillon]. Feutre.

174. Couverture de *L'École des femmes*, Nilsson, 1932.

174

de dégénérer en règlement de comptes, a invité les deux troupes rivales. Elles joueront successivement *La Critique de L'École des femmes*, *Le Portrait du peintre*, d'Edme Boursault, créé en septembre à l'*Hôtel de Bourgogne*, *L'Impromptu de Versailles*, réponse du peintre Molière à son portraitiste, et… *L'Impromptu de l'Hôtel de Condé*, petite conversation de salon, dans laquelle l'auteur, fils de Montfleury, parodie le jeu de Molière avec beaucoup de drôlerie. Quelle soirée pour l'auteur de *L'École des femmes* ! Certes, son œuvre est discutée, chahutée même, mais il est là, dans ses multiples avatars, soulevant tous les rires, quand ce serait à ses dépens. Nuit des Molières, une vraie apothéose.

175

175. Illustration de *L'École des femmes*, par Albert Dubout, 1954. Aquarelle.

176. Relevé de *L'École des femmes*, par Valnay, 1879 [mise en scène d'Émile Perrin]. Encre et aquarelle.

La guerre est finie. Elle a assuré à Molière la reconnaissance générale de son statut de Térence du siècle et de « *plus habile comédien de France* », y compris par ses détracteurs les plus tenaces. Il possède à présent une légitimité politique qui ne sera plus remise en cause. Il y est parvenu en centrant le débat sur sa personne plus encore que sur sa pièce, et en imposant à l'opinion l'image du « *parfaitement honnête homme* » qui met son art au service exclusif du roi et des « *augustes personnes devant qui* [il a] *à paraître* ». Pendant un an, il a parlé et fait parler de lui, de ses ouvrages, de sa figure, de ses gestes, de ses paroles, de sa voix et de sa diction. Dans *L'Impromptu de Versailles*, il a

L'ÉCOLE des FEMMES
1662
MOLIÈRE
Plantation
Toile de fond horizon
Chassis représentant des maisons et des arbres au lointain
G H
marches conduisant au perron D
Z
Praticable avec escalier dans la coulisse
bouquet d'arbres
arbres B
mur
Ruelle A
mur
arbres X
manteau d'arlequin
Gauche (Jardin)
M
O
C arbres
H pantalon d'intérieur
D porte ouvrant dans la coulisse
Z
G arbres
E petite porte ouvrant dans la coulisse avec marteau pour frapper
manteau d'arlequin
Droite (Cour)
Souffleur
M banc de pierre
O banc avec arbres derrière
D Perron avec porte

176

créé des personnages auxquels il a enseigné la manière juste de parler de Molière ! Il y a dans cette personnalisation quelque chose de vertigineux.

Les marques de soutien du pouvoir politique et de la cour se multiplient. Au printemps précédent, une pension royale avait été accordée à Molière « *excellent poète comique* ». Mille livres, autant qu'au cadet Corneille, « *bon poète français et dramatique* », moitié moins qu'à l'aîné, « *premier poète dramatique du monde* »... Molière avait exprimé sa gratitude au roi dans un très allègre *Remerciement* en vers libres. En ce début d'année 1664, c'est encore Louis XIV qui acceptera d'être le parrain du premier enfant mis au monde par Armande. Réponse à la requête de Montfleury ?

29 janvier 1664. Le carnaval bat son plein. Tout pieuse qu'elle est, la reine mère Anne d'Autriche n'en boude pas les plaisirs. Après s'être tordue de rire en voyant *L'École des femmes*, le soir des Rois 1663, elle a déambulé dans Paris, masquée, à la tête d'une troupe de courtisans habillés à l'antique. Ce jour-là, de retour du couvent des Filles de la Visitation, où l'on solennisait la fête du bienheureux François de Sales, elle accueille dans ses appartements du Louvre la création d'une « *comédie-mascarade* » d'inspiration carrément rabelaisienne, *Le Mariage forcé*, fruit de la première véritable collaboration entre Molière et Lulli. Parmi

177

177. François de Beauvilliers, duc de Saint-Aignan, par Simon Antoine Masson, 1686. Estampe.

178. Projet de costume pour la bohémienne du *Mariage forcé*, par Alexandre-Nikolaïevitch Benois, 1913. Gouache.

179. Portrait de Molière, par Roland Lefebvre, XVIIe siècle. Dessin aux trois crayons.

180. Représentation du *Mariage forcé* au Cambodge, 1956 [mise en scène d'Ahmet Kefik Pacha].

les danseurs des entrées de ballet, Louis XIV, habillé en Égyptien (c'est-à-dire en Bohémien), le duc d'Enghien et le duc de Saint-Aignan.

178

179

180

LE MARIAGE FORCÉ.

LE MARIAGE FORCÉ,

COMEDIE.

PAR J. B. P. DE MOLIERE.

A BRUSSELLES,
Chez GEORGE DE BACKER, Imprimeur & Marchand Libraire aux trois Mores, à la Berg-ſtraet. 1694.

Avec Privilege du Roy.

Ce dernier est à un tournant de sa vie. À cinquante-cinq ans, il vient d'entrer à l'Académie française et d'être nommé «*protecteur*» de la nouvelle Académie royale de danse. Après une brillante carrière militaire, il a acheté, en pleine Fronde, la charge de premier gentilhomme de la chambre, qui fait de lui l'un des hommes les plus proches du roi. Il est notamment l'intendant de ses ballets et spectacles, et, à ce titre, l'interlocuteur privilégié des gens de théâtre à la cour, de Molière en particulier, qu'il rencontre chaque matin au lever du roi, quand le valet de chambre-comédien est « *en quartier* ». Homme de plume autant que d'épée, il est l'« inventeur » de plusieurs ballets royaux, dans lesquels il figure en personne, comme l'un des meilleurs danseurs de la cour. À ces fonctions « officielles » s'ajoute celle d'entremetteur et confident des amours de Louis XIV et de Louise de La Vallière, rôle qui lui vaudra le surnom de « *duc de Mercure* ».

Quinze jours plus tôt, la troupe a entamé avec lui une véritable collaboration, en créant, en présence de toute la cour, une comédie à grand spectacle, *La Bradamante ridicule*, qu'il a adaptée du *Roland furieux* de l'Arioste et dont il a généreusement financé les costumes. Le spectacle s'est joué une dizaine fois devant d'assez belles salles. Molière et ses camarades ont sans doute comblé les attentes du duc, car c'est à eux qu'il

182

183

Double page précédente :
181. Frontispice et page de titre du *Mariage forcé*, 1694. Gravure de Jacques Harrewyn.

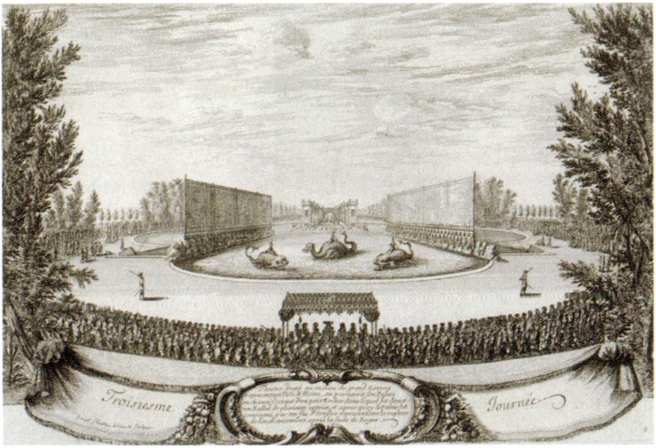

184

fait appel pour assurer la partie théâtrale, tout à fait considérable — quatre comédies, dont deux nouvelles —, d'une semaine de festivités qui doit se dérouler en mai à Versailles et dont il est le maître d'œuvre.

Ces fêtes sont les plus coûteuses, les plus longues, les plus variées et les plus importantes par le nombre des participants, que Louis XIV ait données, depuis trois ans qu'il exerce le pouvoir : six cents invités, autant, sinon plus, de danseurs, chanteurs, comédiens, machinistes, figurants, cavaliers, dresseurs d'animaux, artisans de toutes sortes, valets et domestiques, gardes et soldats, qui composent ce que la relation officielle désignera comme une «*petite armée*». Les meilleurs artistes du moment sont là : Lulli, surintendant de la

182. Première journée des *Plaisirs de l'Île enchantée*, d'après Jules Pelcoq, vers 1865. Gravure.

183. Figure casquée de Bradamante, coupe de Casteldurante, XVIe siècle. Faïence.

184. Troisième journée des *Plaisirs de l'Île enchantée*, par Israël Silvestre, XVIIe siècle. Ballet dansé au milieu du grand étang et dans le palais enchanté. Estampe.

185

185. Finale des *Plaisirs de l'Île enchantée*, par Israël Silvestre, XVIIe siècle. Feu d'artifice donné depuis l'île d'Alcine. Estampe.

186. Geneviève Casile (princesse d'Élide) et Bernard Dhéran (Iphitas) dans *Les Plaisirs de l'Île enchantée*, chorégraphie de Maurice Béjart, *Comédie-Française*, 1980.

musique de chambre, le maître de ballet Beauchamp, le scénographe Vigarini, et bien d'autres. Mais aucune des quatre autres troupes que compte la capitale à cette date, deux françaises, une italienne et une espagnole, n'a été conviée à ce festival des arts de la scène, où les spectacles les plus disparates — défilés, parades, tournois, ballets, comédies, feux d'artifice — vont se succéder de façon ininterrompue.

Les trois premières journées sont occupées par *Les Plaisirs de l'Île enchantée*, sorte de féerie dont Saint-Aignan a tiré la trame du même *Roland furieux* auquel il avait emprunté sa *Bradamante ridicule.* C'est dans ce cadre que, le 8 mai, la Troupe de Monsieur crée *La Princesse d'Élide*, « *comédie galante mêlée de musique et d'entrées de ballet* », que Molière a adaptée de l'espagnol, mais qu'il n'a pas eu le temps de versifier au-delà du premier acte. La pièce, où Armande tient le rôle-titre et Molière celui du « *plaisant* » Moron (*fou*, en grec), fait l'éloge de la passion amoureuse comme vertu royale dans le cadre d'une Grèce antique de convention.

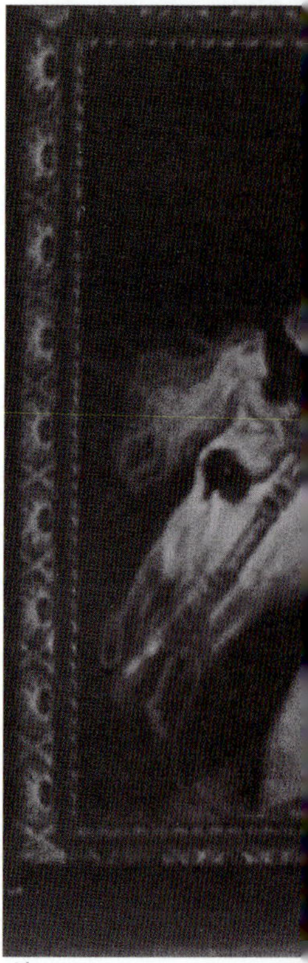

186

187

187. La Princesse d'Élide, 2006 [mise en scène de Jean-Hervé Appéré, *Théâtre des Béliers*].

Dans leur principe même, ces fêtes « galantes » sont des fêtes païennes. Elles récusent, par leur hédonisme affiché, toute espèce de dévotion. Le seul mot d'ordre est le plaisir. La relation officielle saluera un événement « *où chacun a marqué si avantageusement son dessein de plaire au roi, dans le temps où Sa Majesté ne pensait elle-même qu'à plaire...* » À croire que les organisateurs avaient fait leur « *la grande règle de toutes les règles* » énoncée dans *La Critique de L'École des femmes*, qui à elle seule pouvait justifier l'hostilité à son égard des chrétiens les plus austères.

Les trois journées suivantes, consacrées à diverses courses de tête et de bague, s'achèvent chacune par un spectacle donné « *sur l'un de ces théâtres doubles du salon que l'esprit universel de Sa Majesté a lui-même inventé* ». Le 11, ce sont *Les Fâcheux*, le 12,

« *une comédie nommée* Tartuffe, *que le sieur de Molière* [a] *faite contre les hypocrites* », et le 13, *Le Mariage forcé.*

De la satire des hypocrites, la relation officielle écrira qu'elle a été trouvée « *fort divertissante* ». Loret parlera, lui, d'une « *comédie morale de grand mérite et très fort au gré de la cour* ». Glissée entre deux comédies-ballets en trois actes, elle est, elle aussi, en trois actes. Les trois premiers du *Tartuffe* que nous connaissons, comme on l'a soutenu ? Sans doute pas. Tout indique qu'il s'agit

188. Jean-Louis Barrault (Moron) dans *La Princesse d'Élide, Comédie-Française,* 1946.

188

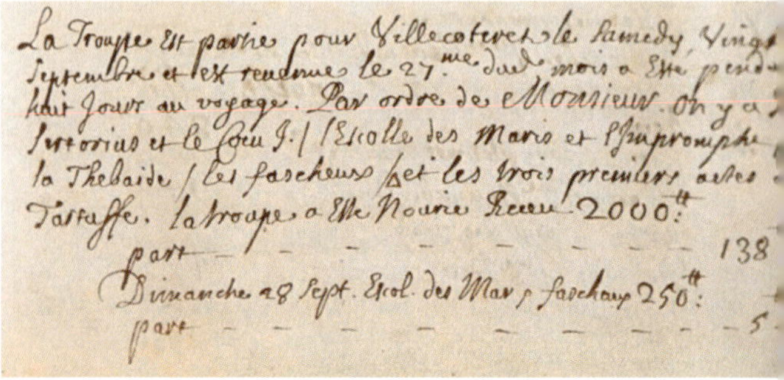
La Troupe est partie pour Villecotteret le samedy vingt
Septembre et s'est rendue le 27me dud. mois a esté pend-
huit jours au voyage. Par ordre de Monsieur. On y a
Sertorius et le Cocu I. / l'Escolle des maris et l'Impromptu
la Thebaide / les facheux et les trois premiers actes
Tartuffe. La troupe a esté nourie. Receu 2000#
part — — — — — — — — — 138
Dimanche 28 sept. Escol. des Mar. facheux 250#
part — — — — — — — — — 5

189

190

189. Registre de La Grange : la troupe joue les trois premiers actes du *Tartuffe* en 1664.

190. *Le Tartuffe ou l'Imposteur*, Éditions sociales, 1958.

d'une pièce complète, composée en gros des actes I, III et IV de la version définitive, qui sera créée cinq ans plus tard.

Quels qu'aient été le projet critique ou la visée politique sous-jacents à son écriture, que l'hypocrite de Versailles ait été un confesseur ecclésiastique ou un directeur de conscience laïc, il devait y avoir dans cette « *petite comédie* », écrite dans l'euphorie de la victoire remportée par *L'École des femmes* sur les confrères de l'*Hôtel de Bourgogne*, sur les pédants allergiques au rire et sur les dévots traqueurs d'obscénités et d'impiétés —, il doit y avoir dans cette « *grande farce* » quelque chose d'heureux, de triomphant, de joyeusement féroce, quelque chose de vert et de rabelaisien, dont on retrouve plus d'un écho dans ce que nous lisons aujourd'hui comme une sorte de tragi-comédie.

« *Fort divertissante* », peut-être, mais tout à fait inopportune. C'est ce que

191

fait valoir presque immédiatement à Louis XIV son ancien précepteur, devenu archevêque de Paris, Hardouin de Beaumont de Péréfixe. Et le prélat, meilleur politique que théologien, convainc le roi, plus homme d'État en la circonstance qu'homme de spectacle. L'Église de France est en effet confrontée alors à la crise janséniste, la plus grave qu'elle ait connue depuis le schisme protestant. En ce printemps 1664, nombre d'ecclésiastiques rechignent à condamner comme hérétique l'*Augustinus* de l'évêque Jansen, livre fondateur de la « secte », et les religieuses de Port-Royal refusent farouchement de se laisser disperser et déloger de leur couvent. Cette crise prendra fin cinq ans plus tard avec ce qu'il est convenu d'appeler la « paix de l'Église ». Son règlement définitif, au début de 1669, coïncidera avec l'autorisation de jouer *Le Tartuffe*. Elle aura été la grande affaire de l'archiépiscopat de Péréfixe.

192

193

Page précédente :

191. *Le Tartuffe*, anonyme, XIXe siècle. Crayon.

192. *Hardouin de Beaumont de Péréfixe*, archevêque de Paris, par Robert Nanteuil, 1665. Estampe.

193. Emil Jannings dans *Tartuff*, film de F. W. Murnau, 1925.

194. Louis Jouvet (Dom Juan) et Fernand René (Sganarelle) dans *Dom Juan, Théâtre de l'Athénée*, 1947.

195. L'interdiction du *Tartuffe. La Gazette*, Paris, 17 mai 1664.

Pour l'heure, soupçonnée d'entretenir la confusion entre fausse et vraie dévotions, assimilée aux railleries qu'elle est supposée inspirer aux libertins, la joyeuse comédie de Molière se révèle, dans l'argumentaire de l'archevêque, un facteur d'affaiblissement de l'Église, à un moment où celle-ci doit se montrer forte et unie face à la dissidence qui la menace. C'est ce qui ressort du « communiqué » de l'archevêché que *La Gazette* publie cinq jours après la représentation, dans lequel la fermeté manifestée à l'encontre des jansénistes par le monarque, « *soigneux de retrancher toutes semences de division dans l'Église* », est mise en parallèle avec « *ses défenses de représenter une pièce de théâtre intitulée* L'Hypocrite, *que Sa Majesté* [...] *jugea absolument injurieuse à la religion et capable de produire de très dangereux effets* ».

Que Louis XIV ait demandé à Molière de ne pas représenter sa pièce en public, Molière lui-même le confirmera ; qu'il l'ait jugée injurieuse à la religion, la relation des fêtes de Versailles le démentira, indiquant qu'« *on ne doutait point des bonnes intentions de l'auteur* ». Il n'empêche que l'interdiction sera plusieurs fois reconduite, sur la base de la même analyse politique que Molière, cinq ans durant, tentera de battre en brèche.

Pendant tout le XXe siècle, on a répété que la décision de Louis XIV était une victoire de la Compagnie

194

Cette ſemaine, on a ici publié l'Edit vérifié au Parlement le 29 du Paſſé, le Roy y tenant ſon Lit de Iuſtice: par lequel Sa Majeſté ordonne, entr'autres choſes, que les Bulles des Papes Innocent X, & Aléxandre VII, qui condamnent les cinq Propoſitions tirées du Livre de Ianſſenius, ſeront publiées par tout le Royaume, & enjoint à tous Eccléſiaſtiques, Séculiers & Réguliers, de ſigner le Formulaire qui fut dreſſé le 17 Mars 1657, par l'Aſſamblée générale du Clergé de France, ainſi qu'il eſt plus amplement porté par cet Edit: qui montre combien ce Grand Monarque eſt ſoigneux de retrancher toutes ſemences de diviſion dã l'Egliſe, & qu'aucun de ſes Prédéceſſeurs n'en porta jamais plus glorieuſement le Titre de Fils Ainé, qu'il le ſoûtient par cette delicateſſe qu'il témoigne pour tout ce qui la regarde, comme il le fit encor voir n'aguéres, par ſes défenſes de repréſenter vne Piéce de Théatre intitulée l'*Hypocrite*, que Sa Majeſté, pleinement éclairée en toutes choſes, jugea abſolument injurieuſe à la Religion, & capable de produïre de tres-dangereux effets.

A Paris, du Bureau d'Adreſſe, aux Galleriës du Louvre, devant la ruë S. Thomas, le 17 May 1664.

Avec Privilége.

195

du Saint-Sacrement. L'historiographie dominante, marquée par un laïcisme étroit, voyait dans cette société dévote adepte du secret, qui se donnait pour but de rechristianiser le corps social dans l'esprit du concile de Trente, la fameuse « *cabale* » dénoncée par Molière. Mais depuis qu'en 1660 Mazarin l'a officiellement dissoute, ses assemblées se raréfient, les confrères se dispersent, la crainte d'être découverts les paralyse, bref, elle n'est plus en mesure de peser sur les décisions du roi. Le bras de fer qui est au cœur de la « querelle du *Tartuffe* » a opposé Molière à Péréfixe, comme Boileau le confirmera un jour, soulignant, à propos de la seconde interdiction, que toute la colère de Molière était allée à l'archevêque, « *qu'il regardait comme le chef de la cabale des dévots qui lui était contraire* ». Et l'archevêque n'était pas membre de la Compagnie.

Au début de l'été, tandis qu'à défaut du *Tartuffe* la Troupe de Monsieur propose à son public *La Thébaïde*, première tragédie de Racine, Pierre Roullé, curé de la paroisse Saint-Barthélemy, « *délateur perpétuel de ses confrères* », qu'il a espionnés jadis pour le compte de Mazarin, fait imprimer, sous le titre du *Roi glorieux au monde*, un extravagant panégyrique de Louis XIV, dans lequel il le loue notamment d'avoir interdit *Le Tartuffe*. Mais il le fait dans une prose si frénétique et grotesque — parlant, à

196

196. Alla Demidova en Elmire, dans *Le Tartuffe*, au théâtre de la *Taganka* de Moscou, 1969.

197. Maquette de costume de Tartuffe, par Jacques Le Marquet, 1980. Feutre.

198. Cécile Sorel dans le rôle d'Elmire (*Le Tartuffe*). Maquette du costume, par Charles Bétout, vers 1920. Aquarelle.

propos de l'auteur, d'un « *démon vêtu de chair et habillé en homme* », qui « *méritait, par cet attentat sacrilège et impie, un dernier supplice exemplaire et public, et le feu même, avant-coureur de celui de l'enfer* » — que ses outrances s'avèrent une véritable aubaine pour Molière. Sans Roullé, les « *gens de bien à outrance* » qu'il prétend dénoncer n'auraient pas de visage. En criant au sacrilège, le bon curé s'est offert lui-même en sacrifice. Sous la plume indignée du

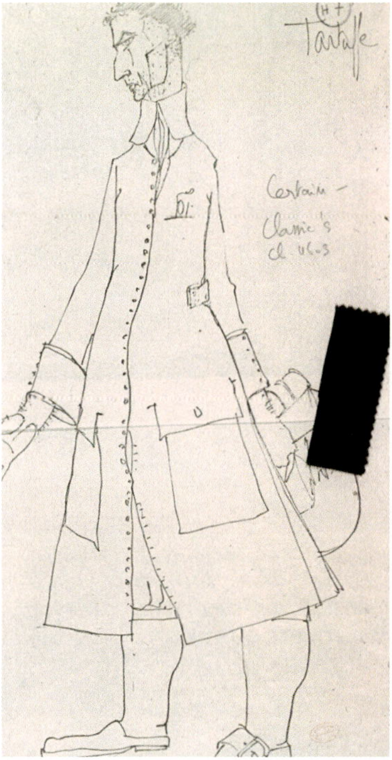

197

198

Double page suivante :

199. Bien avant l'invention de Molière existait déjà l'image satirique de *La Tartufe*, par Jacques Lagnet, vers 1650. Estampe.

200. Armande Béjart, en Elmire, dans *Le Tartuffe*, par Hippolyte Lecomte, XIXe siècle. Lithographie en couleurs.

La Tartufe
Lagnet ex
Cette vielle medus a le tein si farouche
lestomac si mauuais quil ne sont de sa bouche
qu vne halaine puante et des crachats gluans
elle en voudroit pourtant encore bien decoudre
mais son tein jaune pasle et ses yeux de chat
n'en rancontre pas vn qui si veuille resoudre

199

Mme. MOLIERE née BÉJART.

dans le Rôle d'Elmire, du Tartuffe.

éd.ie Française) (Année 1668.)

200

201

201. Le cardinal Chigi reçu en grande audience par Louis XIV à Fontainebleau le 29 juillet 1664, atelier de Jean Lefebvre, XVIIe siècle. Tapisserie.

polémiste, il va devenir, ce qu'il n'était pas, le mandataire caricatural des « *célèbres originaux* » dont Tartuffe n'est que l'« *innocente copie* ».

À Fontainebleau, cependant, où la cour passe l'été, on accueille en grande pompe le cardinal Flavio Chigi, neveu et légat du pape, qui vient « *demander pardon à Sa Majesté pour lui et pour sa famille* », suite à l'agression dont l'ambassadeur de France à Rome a été victime deux ans plus tôt. Jouisseur, lettré, d'esprit ouvert, le jeune homme fait discrètement savoir qu'il souhaiterait entendre cette comédie dont l'interdiction fait tant de bruit dans la capitale du roi très-chrétien. De lecture, même « particulière », dans le cadre bellifontain, il ne peut être question : l'illustre neveu y est constamment sous le regard des « dévots professionnels ». Elle se fera donc à Paris, le jour de son entrée triomphale, après qu'il aura reçu le clergé, les cours souveraines et les autorités de la ville. Et l'après-midi du 9 août, Molière, qui séjourne alors à la cour, prend la route, avec l'autorisation, peut-être même à l'initiative du roi. Mais quand il arrive au palais Mazarin, qu'on a mis à la disposition du légat, celui-ci, épuisé par sa journée, dort déjà. À trois heures du matin, l'auteur repart sans avoir lu sa pièce. Peu après, pourtant, dans un placet qu'il soumet au roi pour protester contre les insultes du curé

202. Entrée du cardinal Chigi à Paris le 9 août 1664. Gravure.

202

203

Roullé et représenter l'intérêt qu'il a « *à faire voir au public que* [s]*a comédie n'est rien moins que ce qu'on veut qu'elle soit*, il évoque *l'approbation de M. le Légat et de la plus grande partie de MM. les Prélats, qui tous, dans les lectures particulières que je leur ai faites de mon ouvrage, se sont trouvés d'accord avec les sentiments de Votre Majesté* ». Bénigne rouerie d'avocat, véniel mensonge complaisamment accrédité par le silence de ladite Majesté…

Ses sentiments, Louis XIV aura l'occasion d'en vérifier la justesse lors d'une nouvelle représentation du *Tartuffe* en trois actes, que Molière et ses

camarades donneront dans les derniers jours de septembre au château de Villers-Cotterêts, résidence de campagne de Monsieur et Madame. Sans doute n'y trouvera-t-il toujours *« rien à (re)dire »*. Il n'en maintiendra pas moins son interdiction. Deux mois plus tard, c'est « *par ordre de Mgr le prince de Condé* » que les comédiens iront donner la pièce, au Raincy, chez la princesse Palatine. Ils la redonneront l'année suivante, au même endroit et pour le même public restreint. Elle aura alors un acte de plus…

Mais en cette fin d'automne 1664, Molière est déjà passé à une autre

203. Promenade en carrosse à Fontainebleau, école française, XVIIe siècle. Probablement Monsieur, frère du roi, et sa nouvelle épouse, Élisabeth-Charlotte de Bavière, *dite* Madame Palatine. Huile sur toile.

204

204. *Dom Juan et les paysannes*, par Adolphe Lalauze, 1874. Crayon rehaussé de gouache.

phase de sa contre-offensive. Il prépare pour le carnaval suivant un grand spectacle « *populaire* », dans lequel il dira leur fait aux « *innommables* » Tartuffes, ses censeurs. Ce sera une version très personnelle de la légende du « convive de pierre », que le public connaît bien. Depuis sept ou huit ans, l'histoire du criminel Dom Juan foudroyé par le Ciel draine vers les salles de théâtre une foule hétéroclite avide de sensations fortes et d'irrévérences profanatoires. La première adaptation qui en a été proposée aux Parisiens, vers 1657, et la plus récente, en janvier dernier, toutes deux dues aux Italiens, étaient résolument comiques. Celle de Nicolas Drouin, dit Dorimon, que la troupe de Mademoiselle a créée à Lyon en 1658, puis reprise à Paris en 1661, et celle de Claude Deschamps, sieur de Villiers, autre comédien-auteur, qui est jouée à l'*Hôtel de Bourgogne* depuis 1659, sont des tragi-comédies de facture presque classique. Molière semble avoir dans l'esprit un nouveau « tableau du temps » aux couleurs du carnaval.

Les six décors successifs ont d'ores et déjà été commandés à deux artisans spécialistes du traitement de la perspective théâtrale. Quatre-vingts toiles peintes ! La construction de la machinerie nécessaire aux interventions du surnaturel, la mise au point des effets pyrotechniques, la confection des costumes, d'un luxe extraordinaire, sont probablement en cours. Reste à Molière à établir un texte, c'est-à-dire à se colleter à un matériau qui lui est étranger. Esprit rationnel en un temps où le rationalisme ne fraie pas avec le merveilleux chrétien, il ne peut s'approprier cette fable supposée « édifiante » qu'en la détournant. Pour ce faire, il la dédramatise. Mieux, il la « décriminalise ».

205

205. Esquisse du décor de *Dom Juan*, par Christian Bérard, 1947 [mise en scène de Louis Jouvet]. Crayon, encre et pastel.

Le Dom Juan de ses prédécesseurs français était une imposante figure de révolté luciférien, un hors-la-loi non dépourvu de panache, dont les abominables forfaits, avant d'être passibles des tribunaux divins, relevaient de la simple justice des hommes. Tour à tour et simultanément menteur, voleur, violeur, ravisseur et assassin, il semait la désolation sur son passage. Le Dom Juan du *Palais-Royal* ne sera plus ce grand fauve, mais un individu presque... ordinaire, qui apparaît en tout cas, dans la galerie des héros molièresques, comme le plus « normal » (si l'on veut bien « *regarder aux actions qu'il fait* », et non se fier à ce que dit

206

206. Le *Dom Juan* de Molière a inspiré des écrivains, tel Henri-Pierre Roché : *Don Juan et...* (1920). Illustration par le peintre Wols, vers 1940-1945. Plume et aquarelle.

207

207. Il a également inspiré des compositeurs, tel Mozart. Tournage de *Don Giovanni*, film de Joseph Losey, 1978.

de lui son fanfaron de valet), le moins excessif, le moins obsessionnel. Ce « grand seigneur » en habit de « petit marquis » n'enfreint pas la loi des hommes, il se contente de trop aimer les femmes. Il n'insulte pas les dieux, comme le faisaient les autres, il ne fait pas étalage de sa soif de connaissance. Ironique et galant, il égrène les bons mots, qu'il emprunte aux « esprits forts » du temps, et refuse tout « débat de

208

209

fond », à la déception de sa femme, de son père et de son valet.

L'écriture proprement dite semble avoir été assez rapide — les cinq actes de *Dom Juan*, s'ils ne sont pas « un simple crayon », comme les trois de *L'Amour médecin*, n'ont sans doute pas nécessité un travail de plusieurs semaines. Le résultat est un bricolage d'actes et de scènes disparates, voire discordants, une construction qui ne manifeste qu'un faible souci de vraisemblance et se ramène pour l'essentiel à une succession de tableaux ou de miniatures, un collage de citations, un montage d'emprunts parfois textuels à Dorimon ou à des auteurs plus anciens, des dialogues qui, en plus d'un endroit, sont réduits à de simples indications, une prose inégale, et en tout cas moins uniment « *souple* » et « *nerveuse* » qu'on ne l'écrit souvent.

Savamment préparé (les dernières répétitions étaient ouvertes à quelques privilégiés), annoncé par un bel article de Loret, *Le Festin de pierre ou l'Athée foudroyé* (son titre actuel lui sera donné par les éditeurs de 1682) est créé le dimanche 15 février 1665, premier des trois jours gras. Un véritable... tabac ! 1 830 livres, la recette la plus élevée jamais atteinte par un spectacle de la troupe. Celles des cinq représentations suivantes seront toutes supérieures à 2 000 livres. En se pressant au *Palais-Royal* malgré la neige qui recouvre Paris, les spectateurs savent à quoi s'attendre,

208. Statue du Commandeur, dans *Dom Juan, Théâtre de l'Athénée*, 1947.

209. Illustration de *Dom Juan* dans les *Œuvres complètes*, 1885. Lithographie coloriée.

210. Projet de costume de Dom Carlos, personnage de *Dom Juan ou le Festin de pierre*, par Alexandre Golovine, 1910. Aquarelle.

211. *Souper galant*, par Jean Le Clerc, 1621. Lavis et sanguine.

210

211

212

et Dom Juan le leur donne au cinquième acte, par la bouche du sémillant La Grange, dans ce grandiose éloge de l'hypocrisie où s'exprime, sur le ton de la bravade et avec toute la passion d'un *J'accuse... !* en négatif, la colère de l'auteur bâillonné.

Le spectacle est joué quinze fois jusqu'au relâche de Pâques, et s'il semble avéré que, dès la seconde représentation, la scène du Pauvre

212. «*Il n'est rien d'égal au tabac*», récite Sganarelle dans sa longue tirade, au début de la première scène. *Le Fumeur*, par Joos van Craesbeeck, XVIIe siècle. Huile sur toile.

213. *La Charmante Tabagie*, par Nicolas Arnoult, XVIIe siècle. Estampe.

213

214

a été amputée de ses dernières répliques — le louis d'or et la demande de jurement —, on ne trouve dans la documentation aucun indice d'une quelconque intervention extérieure, ni *a fortiori* d'une interdiction, serait-elle « discrète ». Des réactions du public, de celles des autorités, religieuses ou politiques, nous n'avons aucun écho direct. Rien dans les gazettes, rien dans les correspondances et les mémoires. Tout juste sait-on que Louis XIV aurait fait valoir, mais à quel contradicteur ?, que Dom Juan « *n'est pas récompensé* ». En somme, ce *Festin de pierre* a rempli le double rôle que son auteur lui avait assigné : se substituer à celui que les Italiens ont présenté l'année précédente et maintenir dans l'actualité *Le Tartuffe* réduit au silence.

Un mois après la dernière représentation, un libraire du Palais met en vente une brochure de quarante-huit pages intitulée *Observations sur une*

216

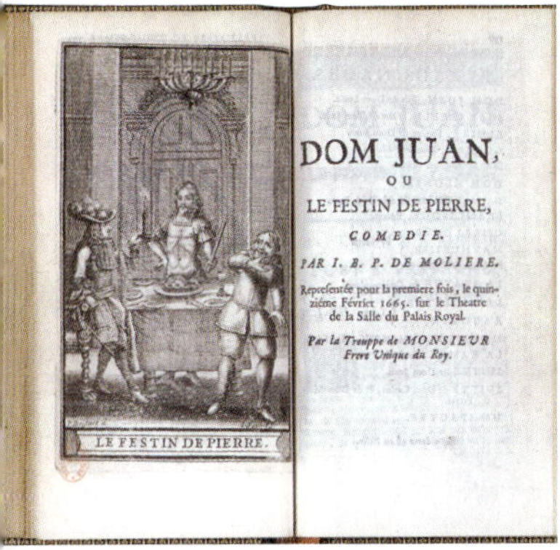

215

214. Didier Sandre (Dom Juan) et Agathe Alexis (Charlotte) dans *Dom Juan*, 1973 [mise en scène de Bernard Sobel, *Théâtre de Gennevilliers*].

215. Frontispice de *Dom Juan ou le Festin de pierre*, d'après Pierre Brissart. Gravure tirée des *Œuvres*, 1682.

216. Marcel Maréchal (Sganarelle) dans *Dom Juan*, 1969 [mise en scène de Patrice Chéreau, *Théâtre Huitième*, Lyon].

comédie de Molière intitulée Le Festin de pierre. Pour « *le sieur de Rochemont, avocat en parlement* », nommé au titre, il s'agit *grosso modo*, et conformément à l'adage enfantin « *C'est celui qui le dit qui l'est* », de retourner contre l'auteur du *Tartuffe* les accusations qu'il porte contre les faux dévots — « *Molière*, peut-on lire, *est lui-même un tartuffe achevé et un véritable hypocrite* » — et de montrer que toute son œuvre ne vise à rien de moins qu'à « *corrompre les mœurs* », « *ruiner la créance en Dieu* » et « *faire monter l'athéisme sur le théâtre* ». Réquisitoire développé avec une véhémence et une verve jamais atteintes au cours des années précédentes et qui ne le seront plus. Le succès est considérable. Les contrefaçons se multiplient. Un procès s'ensuit. À l'évidence, l'« opinion » se passionne pour ce libelle. Texte fondateur, qui nourrit toutes les lectures qui seront faites, jusqu'à la fin du siècle et au-delà, de *Dom Juan* et de l'affaire *Tartuffe*, dont il est l'un des épisodes clés. Aujourd'hui encore, les *Observations* de Rochemont — son analyse du couple Dom Juan – Sganarelle, sa lecture du *Festin de pierre* comme éloge plus ou moins crypté de l'athéisme — alimentent les interrogations et fondent les certitudes de la plupart des moliéristes. Si bien que le même réquisitoire qui, en son siècle, aurait pu faire condamner Molière fait de lui pour la postérité une victime emblématique du fanatisme religieux et le meilleur représentant de la « résistance de l'esprit ».

217

217. Décor de *Dom Juan*, par Alexandre Golovine, 1910. Gouache.

218. Décor de *Dom Juan*, par Gerd Hartung, 1978 [mise en scène de Patrick Guinand, *Schiller-Theater*, Berlin]. Feutre.

219. Daniel Sorano dans Sganarelle (*Dom Juan*, *TNP*), par Jan Mara, 1953. Encre de Chine.

220. Le Vray Portrait de Mr de Molière en habit de Sganarelle, par Claude Simonin, XVIIe siècle. Gravure.

Molière Don Juan

218

JAN MARA

219

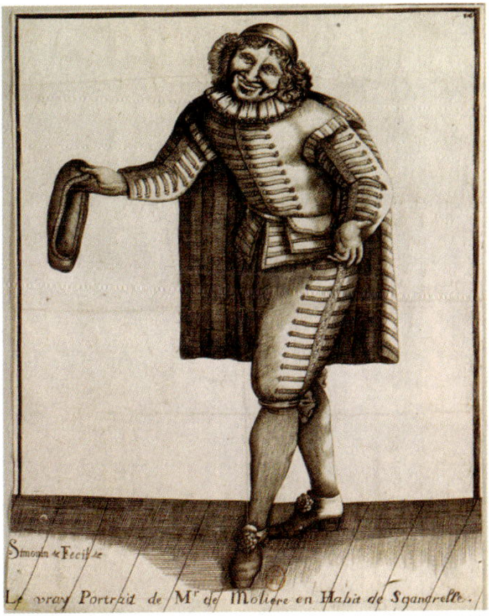
Le vray Portrait de Mr de Molière en Habit de Sganarelle.

220

De qui émane-t-il ? Qui est Rochemont ? Un porte-parole des jésuites ? des jansénistes ? Le pseudonyme d'un auteur collectif ? On a cité les noms du prince de Conti, qui est en effet un de ses plus attentifs lecteurs, et du polémiste Barbier d'Aucour, ami de Port-Royal. Mais la prose des *Observations* n'est pas la leur. Elle ressemble fort, en revanche, à celle de Molière lui-même, à l'éloge de l'hypocrisie notamment, dont elle reprend le lexique, et quantité d'autres indices laissent à penser que le redoutable procureur pourrait n'être qu'un fantôme et son libelle diffamatoire, si outrancier et si vindicatif, une mystification destinée à forcer la main du roi.

221. *Le Janssenisme foudroyé.* par Albert Flamen, 1653. Estampe.

222. *Le Roy Soleil*, parfum de Schiaparelli et flacon de Salvador Dalí. Publicité de 1946.

221

Le Roy Soleil
Schiaparelli

223

223. La Troupe du Roy, par André Lebon, 1973. Encre de Chine. Caricatures des Comédiens-Français : Paul-Émile Deiber (Molière), Jacques Toja (La Grange), Michel Duchaussoy (Géronte), Michel Aumont (Harpagon), Françoise Seigner (Toinette), Jacques Charon (Argan), Robert Hirsch (Tartuffe), Denise Gence (Bélise), Jean-Paul Roussillon (Dandin), Jacques Eyser (Anselme).

Le 13 juin, la cour, qui séjourne à Saint-Germain depuis deux mois, se transporte à Versailles pour la soirée. Saint-Aignan, maître d'œuvre de ce « régal » improvisé, a fait appel une fois de plus aux comédiens de Monsieur. Ils joueront la pièce qu'ils donnent alors, sans grand succès, sur leur scène parisienne, une tragi-comédie de Mlle Desjardins intitulée *Le Favori*. Molière n'y tient aucun rôle, mais, note La Grange sur un ton inhabituellement léger, il « *fit un prologue en marquis ridicule qui voulait être sur le théâtre malgré les gardes, et eut une conversation risible avec une actrice qui fit la marquise ridicule, placée au milieu de l'assemblée* ». Ainsi, alors même qu'il est l'objet de l'attaque la plus violente jamais portée contre lui, Molière se montre gai et enjoué devant ce public qui lui est tout acquis. Le lendemain, la compagnie ayant regagné Saint-Germain, Louis XIV demande à son frère de lui céder sa troupe. Monsieur, qui

n'a guère le choix, s'incline, et c'est très normalement que *La Gazette* en prose, rendant compte, le samedi suivant, de la fête, pourra écrire que « *Leurs Majestés se rendirent dans ce charmant jardin où… la* Troupe du Roi *représenta* Le Favori, *comédie entremêlée d'intermèdes et d'entrées de ballet…* »

224. Benoît Magimel dans *Le Roi danse*, film de Gérard Corbiau, 2000.

224

L'été 1665 tire à sa fin. Dans ses appartements du Louvre, la reine mère se meurt. À l'automne précédent, les médecins ont diagnostiqué un cancer à son sein gauche. « *Mauvais refrain de la ballade et de la comédie de la vie* », écrivait alors Gui Patin, doyen de la Faculté, à un collègue, « *mais ne doutez pas qu'on écoute les charlatans qui promettront toujours de la guérir.* » De fait, la pauvre mamelle royale a connu depuis dix mois les onguents des empiriques et le rasoir du chirurgien, qui deux fois par jour coupait par tranches ses tissus mortifiés à l'arsenic, en présence de ses fils, de ses brus et de toute sa domesticité. En ces derniers jours d'août, pourtant, la maladie semble marquer une

225. Frontispice de *L'Amour médecin*, d'après Pierre Brissart. Gravure tirée des *Œuvres*, 1682.

226. Registre de La Grange : pièces données par la troupe en 1665-1666 et la mort de la reine mère.

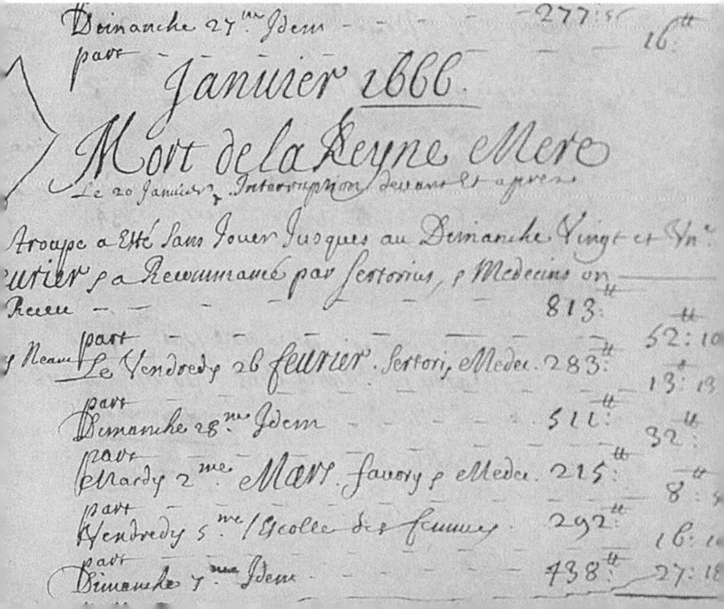
Dimanche 27me Idem — 277:5 — 16
part
Janvier 1666.
Mort de la Reyne Mere
Le 20 Janvier, Interruption devant et apres
troupe a Esté sans Jouer Jusques au Dimanche Vingt et Un
[illegible] a Recommancé par Sertorius, et Medecins on
Receu — 813
part — 52:10
Le Vendredy 26 feuvrier. Sertori, et Medec. 283 — 13:13
part
Dimanche 28me Idem — 511 — 32
part
Mardy 2me Mars. Sertory et Medec. 215 — 8
part
Vendredy 5me / Escolle des femmes — 292 — 16:[illegible]
part
Dimanche 7me Idem — 438 — 27:[illegible]

227

227. *L'Amour médecin*, par Jean Effel, années 1950.

pause. Est-ce pour profiter de ce moment où la douleur, moins vive, rend le rire moins insultant que, dans le cadre de nouvelles festivités versaillaises, Louis XIV, fils aimant mais avide de divertissements, offre à ses invités la comédie-ballet de *L'Amour médecin* ?

Tel est, en tout cas, l'accueil fait par les courtisans à ce « *petit impromptu* » — proposé, composé, répété et représenté en une même semaine, s'il faut en croire son auteur — que le spectacle est donné trois fois en quatre jours. Quand il sera repris à Paris, le 22 septembre, soixantième anniversaire d'Anne d'Autriche, la recette dépassera celle du *Festin de pierre*. Sans doute une part de ce succès tient-elle au fait que Molière a affublé les praticiens ridicules qu'il met en scène de masques et de noms (grecs, inventés par Boileau), sous lesquels les familiers de la cour peuvent reconnaître les médecins du roi, de la reine, de Monsieur et de Madame. Mais les ridicules sont aussi des imposteurs, et il y a, de ce point de vue, une évidente continuité entre *Le Tartuffe*, *Le Festin de pierre* et cette farce en trois actes, comme « plombée », à l'ouverture du troisième, par l'extraordinaire monologue de Monsieur Filerin, écrit de la même encre que celui de Dom Juan : « *n'est-ce pas assez que les savants voient les contrariétés et les dissensions qui sont entre nos auteurs et nos anciens maîtres, sans découvrir encore au peuple, par nos débats et nos querelles, la forfanterie de notre art ?... toutes ces disputes ne valent rien pour la médecine... le plus grand faible des hommes, c'est l'amour qu'ils ont pour la vie et nous en profitons, nous autres... et savons prendre nos avantages de cette vénération que la peur de mourir leur donne pour notre métier... N'allons point détruire sottement les heureuses préventions d'une erreur qui donne du pain à tant de personnes...* » Stupéfiante ambivalence ! Il suffit de remplacer l'« *art* » par la foi, la médecine par la dévotion, voire la religion, pour rendre ce discours proprement subversif.

228

228. Couverture de *L'Instrument de Molière*, par Régnier de Graaf, 1878.

229

229. Buste de Molière, par Jean-Jacques Caffieri, vers 1778. Bronze doré.

230. Le Malade imaginaire : Ronde des médecins autour de Sa Majesté le Clystère, par Félix Lorioux, vers 1927.

230

231

231. Mistinguett et Lugné [-Poe] *dans « Tartuffe »*, par Lucien Laforge. Illustration tirée du *Canard enchaîné*, juillet 1918.

Deux mois plus tard, celui qui n'est encore que l'abbé Bossuet prononce au Louvre un sermon sur le *Jugement dernier*. Moins politique que le bonhomme Filerin, il y flétrit les hypocrites de toutes disciplines, « *lacets aux simples et... des pièges aux innocents, ... si adroits qu'on donne dans leurs filets, et ceux même qui les connaissent* [...]. *Venez donc, abuseurs publics* [...] *misérables captifs de ceux que vous voulez captiver ; venez qu'on lève ce masque et qu'on vous ôte ce fard.* » Vise-t-il, comme on l'a écrit, Molière et les comédiens ? L'orateur, lui, se contente de dénoncer « *des hypocrites d'honneur, des hypocrites d'amitié, des hypocrites de probité et de bonne foi* ». Et d'ajouter : « *Quand vous déchirez en secret celui que vous*

232

caressez en public [...] *quand vous violez le sacré dépôt du secret qu'un ami trop simple a versé tout entier dans votre cœur* [...] *combien de précautions pour ne point paraître ? combien regardez-vous à droite et à gauche !*» Mis en alexandrins, c'est déjà Alceste.

232. Monsieur Môle dans le rôle d'Alceste, par Hippolyte Lecomte, 1825.

233

Le 4 décembre, en présence d'un bouquet d'altesses, les camarades de Molière donnent sur la scène du *Palais-Royal* la première d'*Alexandre le Grand*, nouvelle tragédie de Jean Racine. Le spectacle a été particulièrement soigné. Les costumes sont splendides. Les rôles principaux sont tenus par les comédiens les plus jeunes de la troupe. Les deux femmes, Marquise et Armande, sont les plus réputées pour leur beauté. La recette est excellente. Les trois suivantes le seront encore. Jamais les ci-devant « *Messieurs de Bourbon* » n'ont connu le succès avec une pièce sérieuse. Jamais non plus les gazettes n'ont rendu compte, comme elles le font aujourd'hui avec éloges, de la création, au *Palais-Royal*, d'une pièce signée d'un autre que Molière. Puis, le 15, c'est la chute. Effet *Dom Garcie* ? Mais l'auteur est déjà reconnu comme un bon poète tragique. Non, ce jour-là, La Grange nous l'apprend dans une note pleine d'amertume, la partie du public la mieux informée a préféré se rendre à l'*Hôtel de Bourgogne*, où depuis des semaines on annonçait un *Alexandre* concurrent… qui s'avère être le même ! « *Comme la chose s'était faite de complot avec M. Racine*, précise le chroniqueur, *la troupe ne crut pas* [lui] *devoir les parts d'auteur…* »

La trahison du jeune « *hypocrite d'amitié* » plonge dans le désarroi ceux qui ont défendu sa *Thébaïde* avec tant de persévérance, malgré le peu de succès qu'elle rencontrait. Peut-être

234

aussi provoque-t-elle une crise à l'intérieur de la troupe, car celle-ci entame alors un très long relâche. Qui sait même si Molière n'en fait pas une vraie maladie... Quand, après plus de douze semaines d'absence, il reparaîtra sur scène (dans *L'Amour médecin* !), Robinet, successeur de Loret, saluera la résurrection du « *seul véritable Môme* » (Momus, le dieu romain du rire), vainqueur de « *la Parque au gosier glouton* ». De quel mal serait-il mort ? Nous l'ignorons. En tout cas, c'est son premier « arrêt maladie ». Il y en aura deux autres au cours des années suivantes.

Entre-temps, le cancer a emporté

233. Frontispice d'*Alexandre le Grand*, par Hubert Gravelot. Estampe tirée des *Œuvres* de Jean Racine, 1768.

234. *Portrait présumé d'Armande Béjart*, école française, XVIIe siècle. Gouache.

235. Christine de Suède, par Sébastien Bourdon, 1653. Huile sur toile.

236. Frontispice et page de titre du *Tartuffe*, 1844.

237. Louis Jouvet dans *Le Tartuffe*, par Jan Mara, vers 1950. Encre de Chine.

238. Hugues de Lionne, par Nicolas de Larmessin, 1664. Estampe.

235

Anne d'Autriche, et la syphilis le prince de Conti. Personnages considérables que beaucoup d'historiens, surestimant leur poids politique, mettent à l'origine de l'interdiction du *Tartuffe*, mais dont la disparition ne modifie en rien le veto royal. Au reste, le « *dévot personnage* », s'il ne se porte pas encore « *à merveille* », poursuit d'assez belle façon sa carrière « souterraine ». Il gagne en volume. Ses plaisantes fourberies occupaient trois actes, elles sont en passe de tourner à l'aigre et d'en exiger cinq. De Rome, où elle s'est installée après avoir quitté le pouvoir et rompu avec le luthérianisme, Christine de Suède demande à se faire envoyer le texte du *Tartuffe*. « *Impossible* », lui répond Hugues de Lionne, ministre des Affaires Étrangères, non sans avoir consulté l'auteur, « *et hors* [du] *pouvoir du roi même, à moins qu'il n'usât de grande violence. Car Molière ne voudrait pas hasarder de laisser rendre sa pièce publique, pour ne pas se priver de l'avantage qu'il se peut promettre, et qui n'irait pas à moins de vingt mille écus pour toute sa troupe, si jamais il obtenait la permission de la représenter.* » Cette permission, on le sait, Molière finira par l'obtenir, et elle rapportera à sa troupe quelque chose comme vingt mille écus.

Depuis cinq ans, ses comédies font gémir les presses. Les ateliers de Rouen, de Lyon, d'Amsterdam, en fabriquent des contrefaçons qui se débitent partout en Europe. Au cours de l'hiver 1665-1666, un consortium

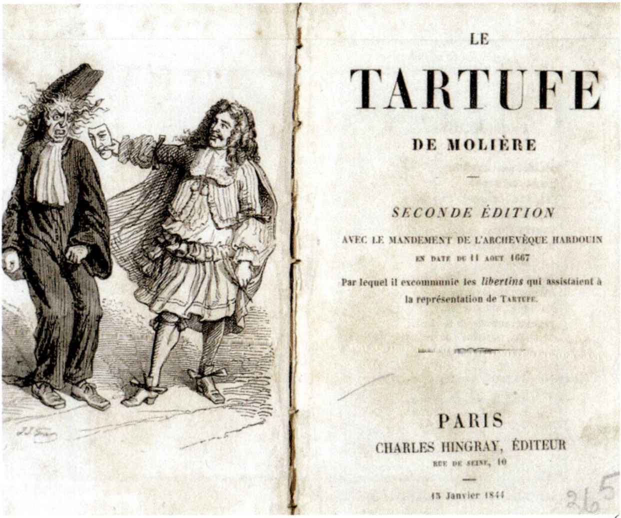

LE

TARTUFE

DE MOLIÈRE

SECONDE ÉDITION

AVEC LE MANDEMENT DE L'ARCHEVÈQUE HARDOUIN

EN DATE DU 11 AOUT 1667

Par lequel il excommunie les *libertins* qui assistaient à la représentation de TARTUFE.

PARIS

CHARLES HINGRAY, ÉDITEUR

RUE DE SEINE, 10

15 Janvier 1844

236

237

238

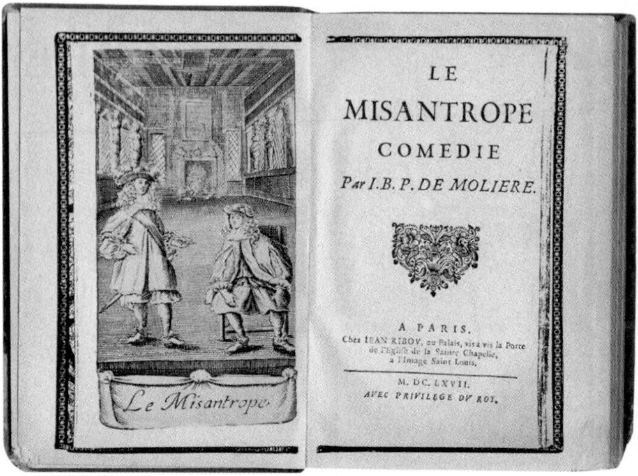
Le Misantrope
LE
MISANTROPE
COMEDIE
Par I.B. P. DE MOLIERE.
A PARIS.
M. DC. LXVII.
AVEC PRIVILEGE DV ROY.

239

240

241

de libraires du Palais, tous aussi peu scrupuleux, profitant de l'état de faiblesse où il se trouve, obtient «*par surprise*» un privilège pour l'impression de ce qui sera la première édition collective de ses œuvres. Mis en vente au début du printemps, les deux volumes, ornés chacun d'un beau frontispice, consacrent définitivement Molière comme dramaturge et écrivain. En l'inscrivant dans la durée, ils l'imposent à la postérité.

4 juin 1666. Depuis cinq mois et pour sept mois encore, la cour, en deuil d'Anne d'Autriche, s'interdit les spectacles, à l'exception des parades, manœuvres et inspections de troupes, dont Louis XIV (surnommé à l'étranger «*le cadet de la revue*») est grand amateur. À Versailles et à Saint-Germain, aujourd'hui à Fontainebleau,

239. Frontispice et page de titre du *Misanthrope*, 1667.

240. *Buste de Molière*, d'après Jean-Antoine Houdon, XIXe siècle. Cachet ayant appartenu à Marcel Achard. Réduction en bronze.

241. *Molière lisant* Le Misanthrope *à l'auberge du Mouton Blanc, à Auteuil, en 1666.* Gravure colorisée de la décoration de l'auberge faite en 1900.

242

242. Les Œuvres de Monsieur Molière en 7 volumes, 1673.

où elle vient de s'installer pour l'été, les divertissements les plus prisés sont d'ordre littéraire. On s'assemble dans les jardins pour lire les comédies nouvelles. On «*galantise*» furieusement. Tous les courtisans font des vers. Bouts-rimés, madrigaux, épigrammes, sonnets. Le roi n'est pas en reste. «*D'une grande gaieté*», au

243

rapport de sa cousine, il compose avec les dames « *des petites chansons qui sont les plus jolies du monde* ».

Au *Palais-Royal*, cependant, où l'on donne la première du *Misanthrope*, le bouillant Alceste se gendarme contre « *le méchant goût du siècle* », les « *démangeaisons d'écrire* » et les « *colifichets dont le bon sens murmure* ». Puis il entonne,

243. *Exposition du 3e centenaire de la mort de Molière*, par Raymond Savignac, 1973. Affiche.

aux oreilles du courtisan-poète horrifié, « *une vieille chanson* [où] *la passion parle… toute pure* » : « *Si le roi m'avait donné Paris sa grand'ville…* » Molière prête au personnage ses roulements d'yeux, ses étouffements et ses habituelles mimiques, mais ce vieil adolescent amoureux de sa propre faiblesse, épris de sa propre sincérité et ridicule à force de sérieux, ce n'est pas lui. Parent à coup sûr de Dom Garcie, le prince jaloux, dont il reprend plusieurs fois les mots, Alceste l'est tout autant d'Arnolphe, de Sganarelle et d'Orgon. Ni satire des mœurs du siècle ni traité de la mélancolie, *Le Misanthrope*, qu'on a lu à Versailles au cours du relâche de Pâques, n'est pas non plus un autoportrait ou une confession de l'auteur. Le roi et ses courtisans n'ont cure des peines de cœur et des démêlés conjugaux d'un comédien, serait-il le favori du moment.

Il n'empêche, c'est la première fois que le « *Momus français* » donne à son comique des accents aussi graves, et, dès avant Musset et les romantiques, ses contemporains l'ont bien perçu. Dans une lettre placée en tête de l'impression, Donneau de Visé encensera une pièce « *d'autant plus admirable que le héros en est le plaisant sans être trop ridicule* », et notera avec finesse que si l'on rit « *moins haut* » dans les comédies de cette nature, « *elles divertissent davantage et font continuellement rire dans l'âme* ». Une qualité de rire tributaire, en l'occur-

244

244. Costume de Môme (ou Momus), pour *Psyché*, par Henry Gissey, 1671.

245. Danièle Lebrun (Célimène) et Michel Piccoli (Alceste) dans *Le Misanthrope*, Paris, *Théâtre de la Ville*, 1969.

rence, des situations dépeintes et des thèmes abordés, lesquels sont puisés pour une bonne part dans les romans de Madeleine de Scudéry, miroirs eux-mêmes d'un microcosme social où l'infini ressassement de la jalousie ne va pas de pair avec les variations sur le cocuage.

245

Créé en l'absence de la cour et en une saison peu propice aux nouveautés, joué vingt-deux fois d'affilée, avec de très honorables recettes, progressivement décroissantes, *Le Misanthrope* constitue ce que le moliériste Claude Bourqui nomme, avec un réalisme tranquille, « *une bonne opération commerciale* », conforme à ce que la troupe pouvait attendre d'« *une œuvre qui évoque les valeurs et l'univers d'un public forcément limité comme celui de la cour et des salons* ». Un succès, en tout cas, que *Le Médecin malgré lui*, comédie à vocation assurément plus « populaire », qui prend le relais à partir de la mi-août, égalera sans vraiment le dépasser.

246. Charles Laughton en Sganarelle dans *Le Médecin malgré lui*, 1935. Couverture de *Vu*.

247. Frontispice et page de titre du *Sicilien ou l'Amour peintre*, 1694. Gravure de Jacques Harrewyn.

248. *Mélicerte*, de Jan Punt, 1740. Gravure, d'après une composition de François Boucher, pour l'édition des *Œuvres*, 1741, aquarellée à la main.

249. Couverture de partition du *Médecin malgré lui*, d'après Molière : opéra de Charles Gounod, quadrille pour le piano de Camille Schubert. Gravure de Victor Coindre, 1858.

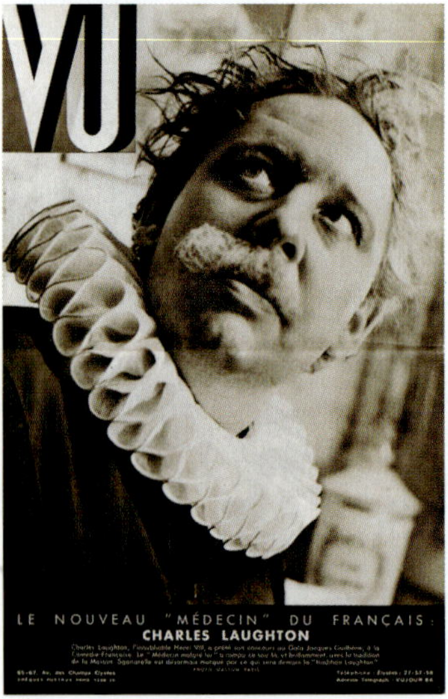

246

247

Du 1er décembre 1666 au 20 février 1667, Molière et ses camarades sont à Saint-Germain-en-Laye, où le roi les a requis, en même temps que les Espagnols de Joseph de Prado, les Italiens de Scaramouche et les Français de l'*Hôtel de Bourgogne*, pour apporter leur contribution au grand *Ballet des Muses*, qui est dansé deux fois par semaine, alternant avec la chasse, les festins et autres « *ébats de carnaval* ». Sont ainsi créés successivement une « *pastorale comique* », dont ne subsistent que des fragments, deux actes d'une « *pastorale héroïque* » intitulée *Mélicerte*, que Molière n'achèvera jamais, et *Le Sicilien ou l'Amour peintre*, petite comédie en vingt scènes, qui, lorsqu'elle sera reprise en juin, au

248

LE
ICILIEN,
OU
AMOUR PEINTRE,
COMEDIE.
AR J. B. P. DE MOLIERE.

BRUSSELLES,
z GEORGE DE BACKER, Imrimeur & Marchand Libraire aux rois Mores, à la Berg-ſtraet. 1694.

Avec Privilege du Roy.

249

250

250. Attila, roi des Huns, par Eugène Delacroix, XIXe siècle. Aquarelle.

Palais-Royal, produira des recettes étonnamment faibles, avant de connaître le succès après la mort de son auteur. Ce « voyage » de quatre-vingts jours, le plus long de toute l'histoire de la troupe, représente un relâche équivalent à plus de trente représentations. Le gain médiocre qu'elle en retirera constitue, pour le coup, une mauvaise *opération commerciale*…

De retour à Paris, elle crée la tragédie *Attila*, qui marque sa réconciliation avec Corneille. Un an plus tôt, tout le talent des comédiens de l'*Hôtel* n'a pu faire réussir son *Agésilas* en vers libres. Molière est absent de la distribution. Était-ce une condition mise par l'auteur pour donner sa pièce — ou, plus exactement, la vendre, et cher ! — à la Troupe du Roi ? Cette création prestigieuse est en tout cas l'occasion pour La Thorillière (qui tient le rôle-titre) et ses camarades de montrer, avec le gazetier, qu'« *On a tort de dire en tous lieux / Que ce n'est point leur fait que le jeu sérieux* », et que, en dépit d'une opinion confirmée par l'épisode des deux *Alexandre*, ils sont encore à même de concurrencer la ci-devant « *seule Troupe royale* » sur le terrain de la tragédie. Mais le spectacle, salué avec chaleur par la « presse », est boudé du public, et son exploitation perturbée par la défection de Marquise Du Parc, qui rejoint l'*Hôtel de Bourgogne*, où en novembre elle créera Andromaque.

251. Scène de Molière, par Maurice Sand, XIXe siècle. Aquarelle.

251

Le 16 mai 1667, Louis XIV, moderne Alexandre, part pour la Flandre, à la tête d'une armée de 80 000 hommes et suivi de toute la cour. C'est le début de la guerre dite « de Dévolution », qui met fin à huit années de paix avec l'Espagne. Elle durera quatre mois. Étonnante campagne, durant laquelle les intrigues de cour se poursuivent, et le « *roi de guerre* », caracolant vers la tranchée, convoque les dames, quelques kilomètres plus loin, pour le voir revenir à cheval. Certes, il ne s'agit pas d'une promenade — « *La terreur est si grande en Flandre*, écrit Gui Patin, *que les pauvres gens ne savent à quel saint se vouer...* » —, mais les pertes des troupes fran-

252. *Guerre de Dévolution. Entrée de Louis XIV à Douai*, par Adam Frans van der Meulen, XVIIe siècle. Sanguine.

253

253. Représentation d'une comédie de Molière au Camp des Français Libres (Angleterre), par Maurice van Moppès, 1942. Encre, lavis et gouache.

254

254. Guillaume de Lamoignon, président du Parlement, par Philippe Lallemant, d'après Philippe de Champaigne, 1671. Huile sur toile.

255. L'Imposteur, par George Scott, vers 1906. Dessin.

çaises restent limitées. Les opérations, conduites par Turenne, se déroulent sans surprise. Les villes tombent l'une après l'autre. Tournai et Douai prises, aux premiers jours d'août on est en vue de Lille.

Le vendredi 5, la Troupe du Roi donne la première représentation de *L'Imposteur,* « *comédie nouvelle* » de M. de Molière. Depuis plusieurs semaines, elle jouait pour de maigres chambrées, une centaine de spectateurs

255

au mieux. Aujourd'hui la salle est comble. Un nouveau pic de recette est atteint. Le public, doublement averti, est venu se faire enfin une opinion sur la « *comédie morale* » interdite en 1664. Dans sa gazette du samedi, Robinet, dithyrambique, lui promet un très long succès. Mais il n'y aura pas de seconde représentation. Le lendemain même, en effet, Guillaume de Lamoignon, premier président du Parlement, et à ce titre

256. Jean Richard jouant Tartuffe dans *Si Versailles m'était conté*, film de Sacha Guitry, 14 juillet 1953.

256

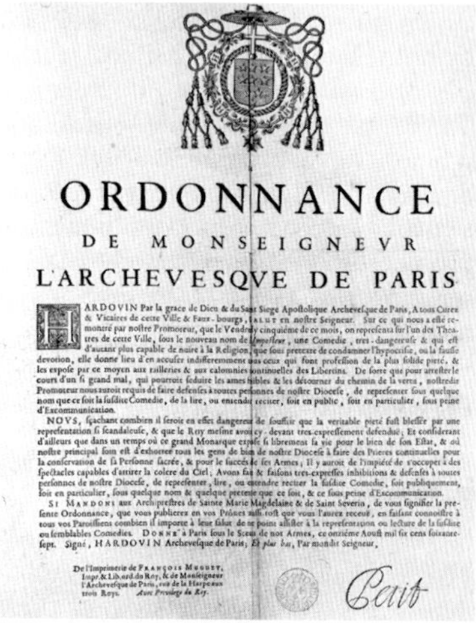

ORDONNANCE
DE MONSEIGNEVR
L'ARCHEVESQVE DE PARIS

HARDOVIN Par la grace de Dieu & du Saint Siege Apostolique Archevesque de Paris, A tous Curez & Vicaires de cette Ville & Faux-bourgs, SALUT en nostre Seigneur. Sur ce qui nous a esté remontré par nostre Promoteur, que le Vendredy cinquiéme de ce mois, on representa sur l'un des Theatres de cette Ville, sous le nouveau nom de l'Imposteur, une Comedie, tres-dangereuse & qui est d'autant plus capable de nuire à la Religion, que sous pretexte de condamner l'hypocrisie, ou la fausse devotion, elle donne lieu d'en accuser indifferemment tous ceux qui font profession de la plus solide pieté, & les expose par ce moyen aux railleries & aux calomnies continuelles des Libertins. De sorte que pour arrester le cours d'un si grand mal, qui pourroit seduire les ames foibles & les détourner du chemin de la vertu, nostredit Promoteur nous auroit requis de faire defenses à toutes personnes de nostre Diocese, de representer sous quelque nom que ce soit la susdite Comedie, de la lire, ou entendre reciter, soit en public, soit en particulier, sous peine d'Excommunication.

NOVS, sçachant combien il seroit en effet dangereux de souffrir que la veritable pieté fust blessée par une representation si scandaleuse, & que le Roy mesme avoit cy-devant tres-expressement defenduë; Et considerant d'ailleurs que dans un temps où ce grand Monarque expose si librement sa vie pour le bien de son Estat, & où nostre principal soin est d'exhorter tous les gens de bien de nostre Diocese à faire des Prieres continuelles pour la conservation de sa Personne sacrée, & pour le succés de ses Armes; Il y auroit de l'impieté de s'occuper à des spectacles capables d'attirer la colere du Ciel; Avons fait & faisons tres-expresses inhibitions & defenses à toutes personnes de nostre Diocese, de representer, lire, ou entendre reciter la susdite Comedie, soit publiquement, soit en particulier, sous quelque nom & quelque pretexte que ce soit, & ce sous peine d'Excommunication.

SI MANDONS aux Archiprestres de Sainte Marie Magdelaine & de Saint Severin, de vous signifier la presente Ordonnance, que vous publierez en vos Prônes aussi-tost que vous l'aurez receuë, en faisant connoistre à tous vos Paroissiens combien il importe à leur salut de ne point assister à la representation ou lecture de la susdite ou semblables Comedies. DONNÉ à Paris sous le Sceau de nos Armes, ce onziéme Aoust mil six cens soixante-sept. Signé, HARDOVIN Archevesque de Paris; *Et plus bas*, Par mondit Seigneur,

De l'Imprimerie de FRANÇOIS MUGUET, Impr. & Lib. ord. du Roy, & de Monseigneur l'Archevesque de Paris, ruë de la Harpe aux trois Roys. *Avec Privilege du Roy.*

Petit

257

257. Mandement de l'archevêque de Paris, Hardouin de Péréfixe, contre *L'Imposteur*, 11 août 1667.

258. Registre de La Grange concernant l'interdiction du second *Tartuffe* en août 1667.

259. La Grange et La Thorillière auprès de Louis XIV (en réalité, Monsieur) au siège de Lille en 1667, par J.-P. Le Bert, XVIIIe siècle. Gravure.

chargé de la police de la capitale en l'absence du roi, fait interdire l'accès au *Palais-Royal.* Mesure que vient renforcer, cinq jours plus tard, un extraordinaire mandement de l'archevêque de Paris, par lequel Péréfixe, considérant que « *dans un temps où* [le roi] *expose sa vie pour le bien de son État* […] *il y aurait de l'impiété de s'occuper à des spectacles capables d'attirer la colère du Ciel* », fait défense à ses diocésains « *de représenter, lire ou entendre réciter la susdite comédie, soit publiquement soit en particulier, sous quelque nom et quelque prétexte que ce soit, et ce sous peine d'excommunication* ».

Pourtant *L'Imposteur* parisien ne réédite pas simplement *L'Hypocrite* de Versailles. Molière a rallongé sa pièce de deux actes. Il l'a dotée d'une fin

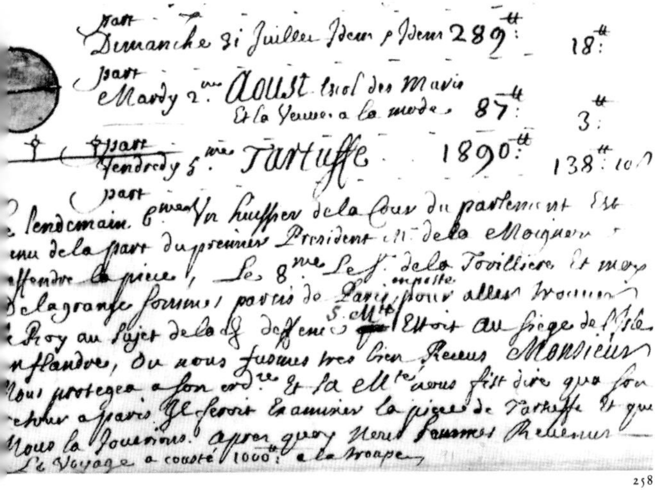
part Dimanche 31 Juillet Idem p Idem 289# 18#
part Mardy 2me Aoust Escol des Maris Et la Veuve a la mode 87# 3#
part Vendredy 5me Tartuffe 1890# 138# 10s
part Le lendemain 6me un huissier de la Cour du parlement est venu de la part du premier President Mr de la Moignon deffendre la piece. Le 8me Le Sr de la Torilliere et moy de la grange sommes partis de Paris en poste pour aller trouver le Roy au sujet de lad deffense. S. Mté estoit au siege de l'Isle en flandre, ou nous fusmes tres bien Receus. Monsieur nous protegea a son ordre et Sa Mté nous fist dire qu'a son retour a paris Il feroit examiner la piece de Tartuffe et que nous la Jouerions. apres quoy nous sommes Revenus. Le Voyage a cousté 1000# a la troupe.

258

nouvelle, tout à la gloire du «*prince ennemi de la fraude*». Il en a assoupli le propos par divers retranchements et «*adoucissements*». Son héros, qu'il a rebaptisé Panulphe, eſt à présent «*un homme du monde*». Il porte «*un petit chapeau, de grands cheveux, un grand collet, une épée, et des dentelles sur tout l'habit*». Qui plus eſt, il ne se présente pas sur le théâtre en infraction aux défenses de 1664. Quelques jours plus tôt, Louis XIV, en personne ou par la bouche de Madame, a donné sa permission, malheureusement orale. C'eſt en tout cas ce que Molière fait valoir, avec un mélange d'indignation, de désespoir et de pugnacité, dans un nouveau placet, que La Grange et La Thorillière vont porter devant Lille assiégée, où ils s'entendent dire, par

259

260. Mounet-Sully (Jupiter), Edmont Got (Mercure)... et Jules Laroche (Amphitryon) dans *Amphitryon*, *Comédie-Française*, 1877.

261. *Amphitryon*, 2008 [mise en scène d'Alexandre Tourneur, *Théâtre du Ranelagh*].

262. Page de titre des *Comédies* de Plaute traduites par M[*ichel*] D[*e*] M[*arolles*], A[*bbé*] D[*e*] V[*illeloin*], 1658.

260

261

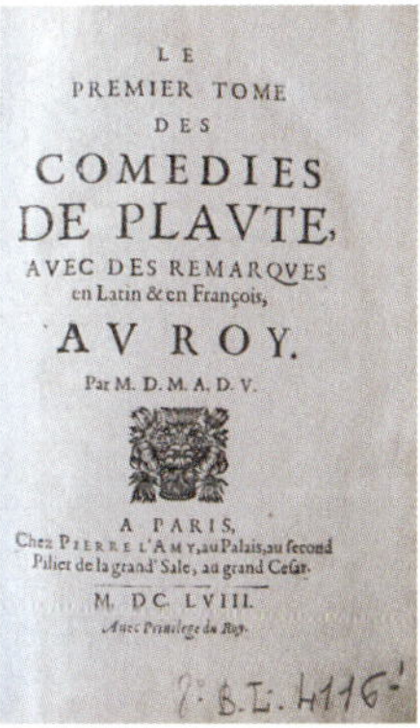
LE
PREMIER TOME
DES
COMEDIES
DE PLAVTE,
AVEC DES REMARQVES
en Latin & en François,
AV ROY.
Par M. D. M. A. D. V.

A PARIS,
Chez PIERRE L'AMY, au Palais, au second
Palier de la grand' Sale, au grand Cesar.
M. DC. LVIII.
Avec Privilege du Roy.

262

Monsieur, qui les reçoit, qu'à son retour à Paris le roi «*fera examiner la pièce*» et qu'ils pourront la jouer. Las! Il faudra dix-huit mois encore pour que le «*dévot personnage*», ayant retrouvé son nom, son petit col et ses cheveux courts, puisse donner librement carrière à ses honteux débordements. Entre-temps, son auteur aura fait représenter trois nouvelles pièces.

Amphitryon, créé le 13 janvier 1668 au *Palais-Royal*, est donné quelques jours plus tard aux Tuileries devant Louis XIV, qui, tel Jupiter circonvenant Alcmène, s'apprête à faire main basse sur la Franche-Comté. L'impression en sera dédiée à Condé, véritable organisateur d'une victoire sans danger mais non sans gloire. Cette comédie en un prologue et trois actes adaptée de Plaute (que Molière lit, semble-t-il, dans l'édition bilingue procurée par l'abbé de Marolles), il a eu tout le temps, pendant trois mois où il n'a pas paru sur scène, d'en peaufiner les vers, libres, fluides et enjoués comme ceux du *Remerciement au Roi* de 1663. Y fait-il l'éloge des relations adultères encore dans leur nouveauté de Louis XIV et de la marquise de Montespan? C'est ce qu'assurera Michelet, en déplorant la «*servitude*» du laudateur et sa «*verve désespérée*», et c'est probable. «*Un partage avec Jupiter n'a rien du tout qui déshonore*», lâche au général cocu l'«*imposteur*» divin descendu des cintres. Et Sosie-Molière de conclure sobrement: «*Le seigneur Jupiter sait*

263

263. Décor d'*Amphitryon*, 2002 [mise en scène d'Anatoli Vassiliev, *Comédie-Française*].

dorer la pilule… Tout cela va le mieux du monde… » Éloge ou non, *Amphitryon* se lit comme une des œuvres les plus lestement amorales et les plus joyeusement courtisanes de son auteur.

Au mois de juillet suivant, dans le cadre de nouvelles fêtes organisées « *pour réparer en quelque sorte ce que la cour avait perdu dans le carnaval pendant* [l']*absence* [du roi] », Molière et ses camarades présentent un spectacle « total », composé d'une pastorale avec chants et danses mis en musique par Lulli, dans laquelle sont enchâssés les trois actes d'une comédie en prose, *George Dandin ou le Mari confondu*, qui développe le schéma farcesque de *La Jalousie du Barbouillé*. « *Le sujet*, résume sèchement l'auteur, *est un paysan qui s'est marié à la fille d'un gentilhomme et qui dans tout le cours de la comédie se trouve puni de son ambition.* » Le paysan

264

265

264. Molière et ses comédiens dans George Dandin, attribué à Charles-Antoine Coypel, vers 1725. Aquarelle.

265. Page de partition de *George Dandin* ou *Le Grand Divertissement royal de Versailles*, composée par Jean-Baptiste Lulli. Retranscription de 1690.

Double page suivante :
266. Cadmus et Hermione, tragédie en musique de Jean-Baptiste Lulli, 2008 [mise en scène de Benjamin Lazar et direction musicale de Vincent Dumestre, *Opéra-Comique*].

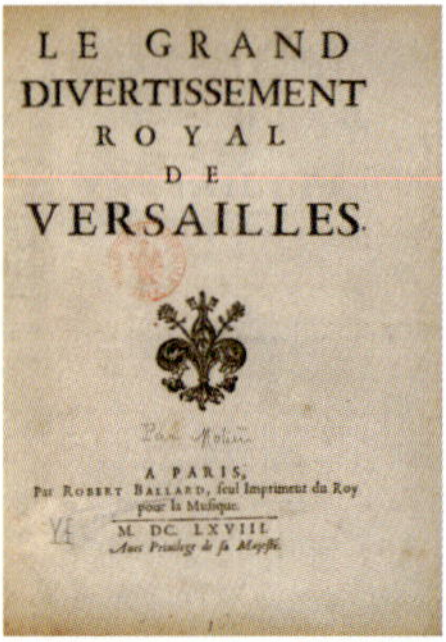

267

268

267. Page de titre du *Grand Divertissement royal de Versailles*, 1668.

268. *Le Cid* et *L'Avare* donnés par le *TNP* à Saint-Malo, été 1952, dans la cour du château de la duchesse Anne. Affiche de Marcel Jacno.

269. *Portrait de Molière*, attribué à Pierre Mignard, XVIIe siècle. Huile sur toile.

est riche, le gentilhomme ne l'est pas. « *Sujet archi-comique*, s'enthousiasme le gazetier, *auquel rirait le plus stoïque.* » Le XXe siècle en a jugé différemment, qui, de la comédie délestée de sa gangue pastorale, a proposé des mises en scène où étaient soulignés le réalisme critique de Molière et la violence des rapports de classe qu'il dépeint. Le commanditaire, quant à lui, n'a pas boudé son plaisir. Il se fera redonner le spectacle trois fois consécutives au début de novembre, avant que la troupe ne reprenne la comédie, jamais seule, toujours en complément, avec des recettes en dents de scie.

En marge de ce « *Grand Divertissement royal* » s'est produit un incident, dont on écrirait aujourd'hui qu'il a endeuillé la fête, ce qui n'a pas été. Le *Journal* du conseiller Lefèvre d'Ormesson nous en a conservé le souvenir. Un homme qui travaillait aux machines du spectacle, ayant fait une chute mortelle, sa mère, « *outrée de douleur* », est venue présenter au roi un placet, sur lequel, pour être sûre qu'on la remarquerait, elle n'avait rien écrit. Comme on lui demandait en riant de s'expliquer, elle s'est mise à injurier Louis XIV, « *l'appelant putassier, roi machiniste, tyran, et mille autres sottises et extravagances* ». L'autre, surpris, lui a demandé si c'était à lui qu'elle s'adressait. Elle a répondu que oui et a repris de plus belle. Immédiatement condamnée à être fouettée, le bourreau lui a appliqué sa peine « *avec une rigueur extrême* ». Puis elle a été

269

271

mise aux « Petites maisons », avec les fous…

Avant de reprendre *Dandin*, la troupe aura créé, le 9 septembre 1668, *L'Avare*, seconde adaptation de Plaute, en cinq actes mais en prose. Et il semble, à lire les témoignages contemporains, que ce choix ait contribué pour une part à l'indiscutable échec du spectacle. De ce choix, en effet étonnant s'agissant d'une « *grande comédie* », Jean de Guardia, moliériste contemporain, propose une justification théorique d'une séduisante concrétude. À la différence de la plupart des fictions classiques, riches en actions et sentiments humains, mais pauvres en notations sur la vie matérielle, pleines d'hommes mais vides de choses, celle-ci, dont la scène est située chez un personnage qui veille au moindre détail de la dépense, apparaît comme remplie d'objets : la « *chère cassette* », bien sûr, mais encore des

272

270. *L'Avare*, par Ludvig Jacobsen, 1930. Huile.

271. Maquette pour *L'Avare*, par Jacques Noël, 1962 [mise en scène de Jacques Mauclair]. Gouache.

272. Georges Chamarat en Harpagon, par Germaine Lacaze, vers 1960. Encre.

273

273. Louis de Funès dans *L'Avare*, film de Jean Girault, 1980. Affiche de Ferracci.

274. Charles Dullin en Harpagon, dans *L'Avare*, *Théâtre de l'Atelier*, 1943.

276

275. Jean Vilar en Harpagon, dans *L'Avare*, Festival du Marais, Hôtel de Rohan, 1966.

276. Michel Aumont en Harpagon, dans *L'Avare*, avec son metteur en scène Jean-Paul Roussillon, 1969.

balais, des chandelles, des souquenilles, des cornues et jusqu'à un trou-madame. En somme, *L'Avare* est une «*pièce des choses*» autant que des hommes, et Molière, fidèle à l'esthétique de son temps, choisit un style «*convenable*» à la dignité de l'univers qu'il y donne à voir. Mais quelles que soient les raisons de cet insuccès premier, la postérité, ici d'accord avec Boileau, a largement rendu justice à cette «*comédie sérieuse*», l'une des plus fortes, des moins «brillantes» et en tout cas des plus sombres de Molière.

Février 1669. L'ennui pèse sur Paris. Le carnaval traîne en longueur. «*L'on fait toujours ici la même vie*, note un ambassadeur. *Il n'y a ni bal, ni cadeau, ni mascarade. Le jour, le roi négocie, va à la chasse, et la nuit se passe au jeu avec les dames...* » Le 3, le nonce du pape est reçu en audience par Louis XIV. Les deux brefs qu'il lui présente de la part de Clément IX entérinent la «paix de l'Église», acquise depuis quelques mois déjà. C'est la fin de la querelle du jansénisme. La fin aussi, selon toute apparence, de la querelle du *Tartuffe*. Car le mardi 5, sans même avoir fait relâche les jours précédents pour d'ultimes répétitions, Molière et ses camarades en donnent la première représentation devant une salle archicomble. 2 860 livres de recette, près du double de *L'École des femmes*! Les spectateurs ont littéralement pris d'assaut le *Palais-Royal*.

Au soir de ce jour mémorable où

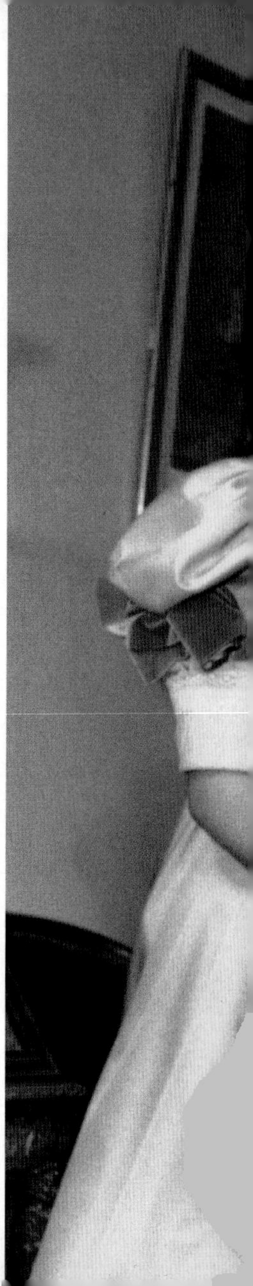

Double page précédente :
277. Jeanne Moreau (Elmire) et Fernand Ledoux (Tartuffe), *Comédie-Française*, 1951.

Tartuffe est « *ressuscité* » par une faveur qui « *réconcilie* » son auteur avec « *les dévots* », Molière, tout à sa joie, sollicite de Louis XIV une nouvelle « *grâce* » (un canonicat pour le fils de son médecin), dont il espère qu'elle apaisera une corporation qu'il n'a cessé de malmener (le jeune clerc ne l'obtiendra pas et Molière continuera de brocarder les médecins.) Six semaines plus tard, alors qu'au fil des représentations la *Salle du Palais-Royal* ne désemplit pas, le libraire Ribou met en vente « *Le Tartuffe ou l'Imposteur.* Imprimé aux dépens de l'auteur ». Aux dépens, c'est-à-dire aux frais et au seul bénéfice. La comédie est précédée d'une ample préface, le plus

LE
TARTVFFE,
OV
L'IMPOSTEVR,
COMEDIE.
PAR I. B. P. DE MOLIERE.

Imprimé aux despens de l'Autheur, & se vend
A PARIS,
Chez IEAN RIBOV, au Palais, vis-à-vis
la Porte de l'Eglise de la Sainte Chapelle,
à l'Image S. Loüis.

M. DC. LXIX.
AVEC PRIVILEGE DV ROY.

279

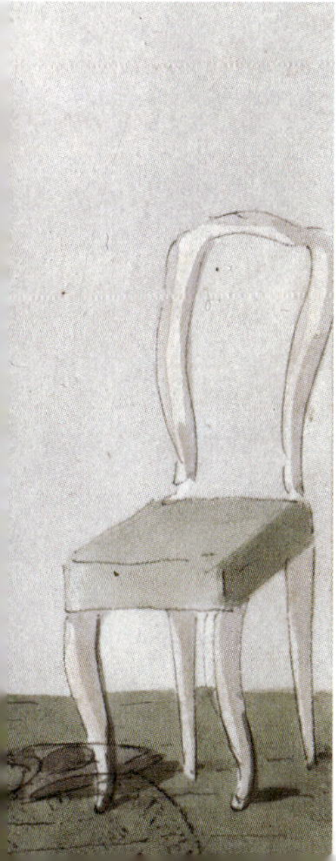

long texte de prose non théâtrale de Molière, texte essentiel, devenu presque aussi classique que la pièce elle-même, triomphant plaidoyer en faveur du théâtre, aussi peu charitable aux vaincus que le troisième placet et où l'on peut regretter l'absence de cette douce ironie avec laquelle, dans l'avis au lecteur d'*Attila*, le bonhomme Corneille balayait ses critiques et ses insulteurs.

278. *Le Tartuffe*, par Johann Georg Ziesenis, XVIIIe siècle. Encre, lavis et aquarelle.

279. Page de titre du *Tartuffe ou l'Imposteur*, 1669, « *imprimé* » à compte d'auteur.

Les « luttes » et les « combats » chers aux biographes sont derrière lui. Les « cabales » et les « persécutions » dont il s'est dit victime pendant cinq ans ont cessé. Les polémiques, vraies ou fausses, sont éteintes. Tous les « ennemis » ne sont pas ralliés, mais il les fait taire. L'obscur Le Boulanger de Chalussay fait-il paraître son *Élomire hypocondre ou les Médecins vengés*, Élomire en obtient la saisie. Un libraire de la Compagnie de Jésus débite-t-il une contrefaçon du *Tartuffe* dans son arrière-boutique, le commissaire Manchon, beau-frère de l'ami Boileau, vient y mettre bon ordre.

Monsieur de Molière, fils du marchand Poquelin, est alors, sans contestation, le grand ordonnateur des fêtes royales. Il est reçu avec faveur ou amitié par les « grands » du royaume. Le neveu du pape et la reine de Suède ont demandé à lire son *Tartuffe*. Il y a peu d'exemples d'une telle élévation dans ce siècle. Le poète Vincent Voiture, fils de cabaretier, a eu un succès considérable dans les salons, mais jamais à la cour. On reconnaît à Philippe Quinault, fils de boulanger, l'art de faire pleurer, mais rien de plus. Comme celle de son ami Lulli, l'ascension de Molière tient du romanesque. Au cours des trois années suivantes, les « deux Baptiste », qui ont déjà travaillé ensemble à une demi-douzaine de comédies-ballets, vont en composer cinq nouvelles, toujours à la demande du roi, avant de se séparer brutalement au printemps de 1672.

280. Réclame pour un médicament parue dans *L'Illustration*, janvier 1916.

280

Doubles pages suivantes :
281. Rencontre imaginaire : *Molière reçu par Louis XIV*, par Jean-Hégésippe Vetter, vers 1864. Huile sur toile (reproduite ici sur quatre pages).

282

283

282. Scène des *Amans magnifiques*, gravure de Jan Punt, 1740, d'après une composition de François Boucher, pour l'édition des *Œuvres*.

283. Léon Bernard dans *Monsieur de Pourceaugnac*, caricature de Bib. Gouache.

284. *Monsieur de Pourceaugnac*, par Émile Bayard, vers 1860. Aquarelle.

Monsieur de Pourceaugnac eſt créé en septembre 1669 à Chambord; *Les Amants magnifiques*, à Saint-Germain, le 4 février 1670. Pendant le relâche de Pâques, Louis Béjart, dit Léguisé, se retire. Il eſt le premier pensionné de la troupe, laquelle s'augmente dans le même temps de trois recrues : les époux Beauval et le jeune Michel Baron, mandés de la campagne par une lettre de cachet du roi. Baron, qui n'aura côtoyé Molière qu'une trentaine de mois, avant de devenir le grand acteur du dernier quart de siècle, sera, dans les années 1700-1705, l'ami et principal informateur de Grimareſt, et à ce titre l'inventeur de quelques tenaces légendes.

285

285. Michel Galabru dans *Le Bourgeois gentilhomme*, film de Roger Coggio, 1982. Affiche de Landi.

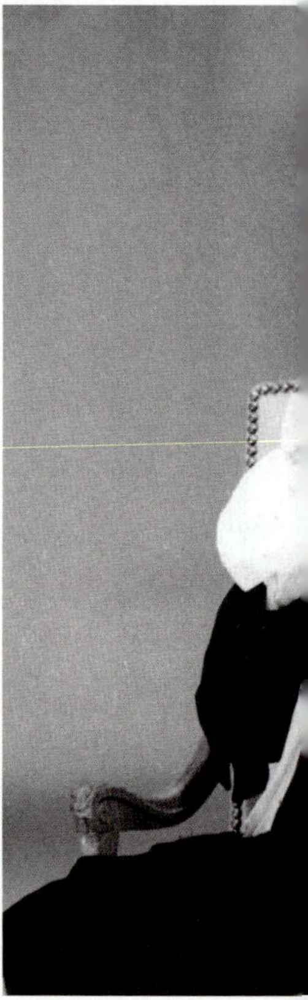

Le 14 octobre de la même année, le merveilleux et très dispendieux *Bourgeois gentilhomme*, amené à devenir la pièce la plus authentiquement « populaire » de Molière, est donné, avec ses entrées de ballet et sa turquerie, trois fois d'affilée à Chambord, puis trois fois encore un mois plus tard à Saint-Germain, avant d'être repris sur la scène du *Palais-Royal*, où il alternera, pour quarante-huit représentations, avec le *Tite et Bérénice* de Corneille.

286. Denis d'Inès (maître de philosophie) et Louis Seigner (Monsieur Jourdain) dans *Le Bourgeois gentilhomme*, 1951 [mise en scène de Jean Meyer, *Comédie-Française*].

286

Double page précédente :
287. Fabrice Luchini (Monsieur Jourdain) et Arié Elmaleh (maître de danse) dans le film *Molière* de Laurent Tirard, 2007.

289

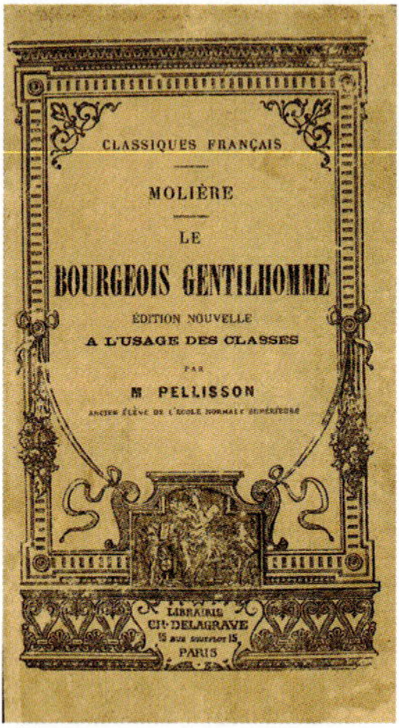

288

290

291

288. Couverture du *Bourgeois gentilhomme*, Delagrave, 1883.

289. Couverture du *Bourgeois gentilhomme,* Bordas, 1963.

290. *Arlequin chez les Turcs*, XVIIe siècle. Lithographie.

291. Partition du *Bourgeois gentilhomme*, 1671.

Double page précédente :
292. *Le Jeu du Kwi-Jok* ou *Le Bourgeois gentilhomme*, 2006 [mise en scène d'Éric Vigner, chorégraphie de Yoon Sung Chul, ballet et orchestre national de Corée, *Opéra-Comique*].

Suit *Psyché*, « *tragédie-ballet* » inspirée des *Amours de Psyché et de Cupidon*, que La Fontaine a fait paraître en 1669. Cette énorme production, où le moliériste Jean Serroy voit « *le paroxysme du spectacle à effets* », est créée en janvier 1671 dans l'immense *Salle des Tuileries* à l'acoustique pourtant exécrable, et reprise six mois plus tard au *Palais-Royal* avec un succès considérable. Dans un avis placé en tête de l'impression, le libraire informera ses lecteurs que « *M. de Molière a dressé le plan de la pièce et réglé la disposition*

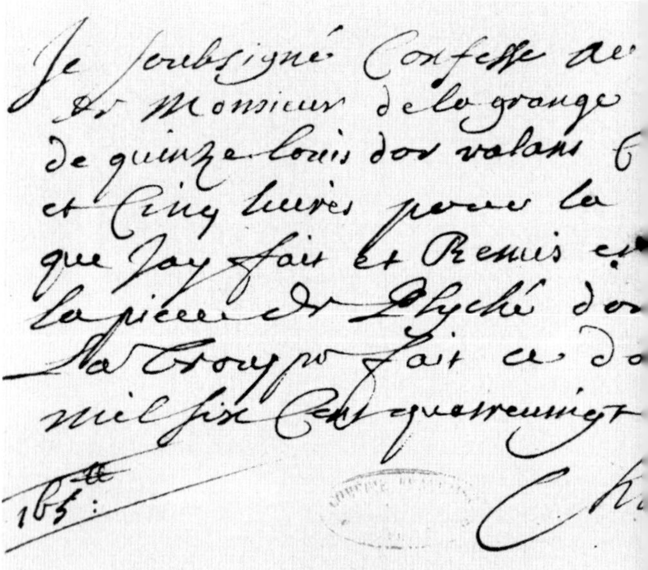
Je soubsigné Confesse av
de Monsieur de la grange
de quinze louis dor valans 16
et Cinq livres pour la
que Jay fait et Remis e
la piece de Psyché do
la troupe fait ce do
mil six Cent quatrevingt
165 l :

293

[comprenons qu'il en a rédigé un canevas en prose complet]… *Quant à la versification, il n'a pas eu le loisir de la faire en entier* [et s'est trouvé] *dans la nécessité de souffrir un peu de secours. Ainsi il n'y a que le prologue, le premier acte, la première scène du second et la première du troisième, dont les vers soient de lui. M. Corneille a employé une quinzaine au reste ; et par ce moyen Sa Majesté s'est trouvée servie dans le temps qu'elle l'avait ordonné.* » En 1664, semblable urgence avait conduit à donner *La Princesse d'Élide* partie en vers partie en prose.

293. Note manuscrite de Marc-Antoine Charpentier, compositeur de la musique de *Psyché*, lors de sa reprise en 1684.

294. Frontispice de *Psyché*, tiré des *Œuvres*, tome VII, 1739.

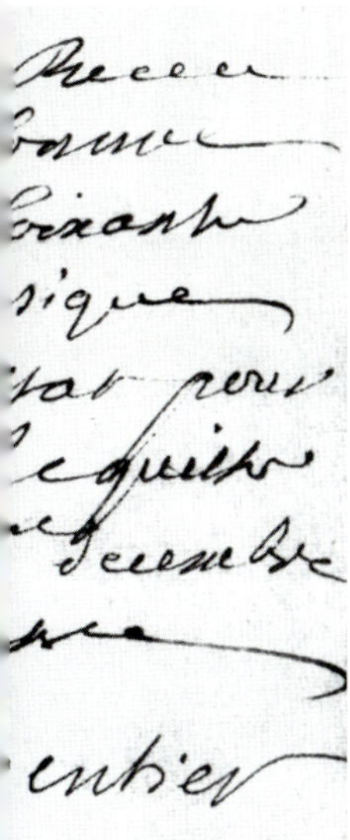

294

295

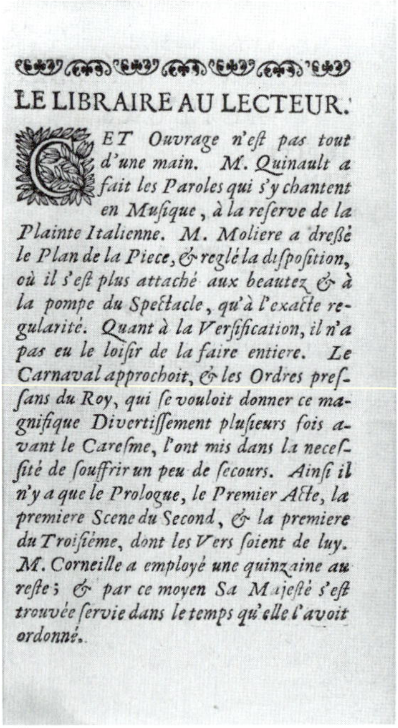

LE LIBRAIRE AU LECTEUR.

CET Ouvrage n'est pas tout d'une main. M. Quinault a fait les Paroles qui s'y chantent en Musique, à la reserve de la Plainte Italienne. M. Moliere a dressé le Plan de la Piece, & reglé la disposition, où il s'est plus attaché aux beautez & à la pompe du Spectacle, qu'à l'exacte regularité. Quant à la Versification, il n'a pas eu le loisir de la faire entiere. Le Carnaval approchoit, & les Ordres pressans du Roy, qui se vouloit donner ce magnifique Divertissement plusieurs fois avant le Caresme, l'ont mis dans la necessité de souffrir un peu de secours. Ainsi il n'y a que le Prologue, le Premier Acte, la premiere Scene du Second, & la premiere du Troisiéme, dont les Vers soient de luy. M. Corneille a employé une quinzaine au reste; & par ce moyen Sa Majesté s'est trouvée servie dans le temps qu'elle l'avoit ordonné.

296

297

295. Costume de la muse Uranie, pour *Psyché*, par Henry Gissey, 1671.

296. Dans l'avertissement de 1671, « Le Libraire au lecteur » annonce que les paroles de *Psyché* ont été écrites par M. Quinault et une partie des vers par M. Corneille. Tiré des *Œuvres*, tome VII.

297. *Le Repas de Psyché*, tapisserie, XVIIe siècle.

Cette versification à quatre mains, qui nous vaut quelques-uns des vers les plus tendres de l'un et de l'autre poètes, n'avait rien pour étonner un lecteur-spectateur du XVIIe siècle, et du reste aucun ne s'en est étonné. Deux cent cinquante ans plus tard, pourtant, elle a inspiré l'hypothèse — aussi triste (s'agissant du poète Pierre Louÿs, qui l'a énoncée) que mal fondée — d'un Corneille « shakespearien » auteur des meilleures œuvres de Molière.

Double page suivante :
298. Les Fourberies de Scapin, par Eugène Devéria, XIXe siècle. Huile sur toile.

299. Jean-Louis Barrault dans le rôle de Scapin, par Flordavid, 1956. Encre de Chine.

En mai de cette même année 1671, Molière donne une comédie en trois actes, *Les Fourberies de Scapin*, qui n'aura qu'un succès posthume — mais quel succès ! À l'inverse, sept mois plus tard, dans le cadre d'un « Ballet des ballets » offert par Louis XIV à sa nouvelle belle-sœur, Élisabeth-Charlotte de Bavière, dite Madame Palatine, la troupe crée *La Comtesse d'Escarbagnas*, peu goûté de l'époque moderne, après avoir triomphé pendant un siècle.

300

300. Maquette du décor des *Fourberies de Scapin*, par Robert Hirsch, 1956 [mise en scène de Jacques Charon, *Comédie-Française*]. Plume et gouache.

301

302

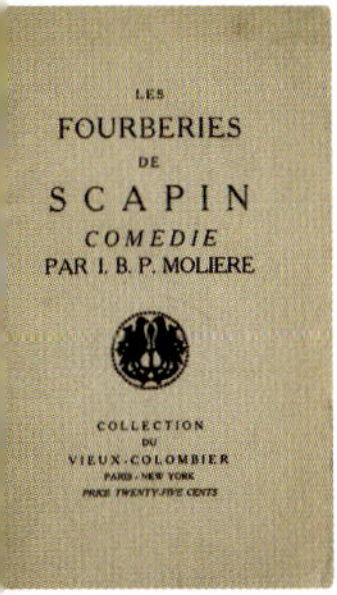

303

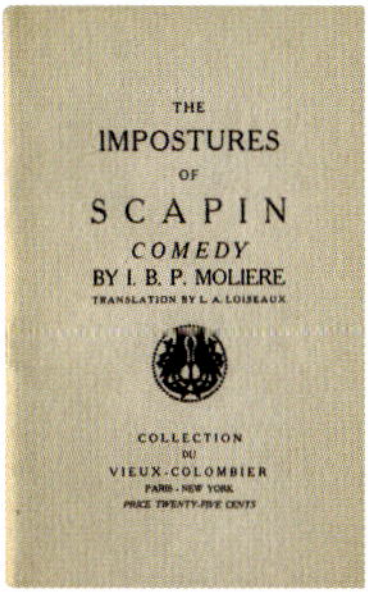

304

301. Maquette du décor des *Fourberies de Scapin*, par Suzanne Lalique, 1952 [mise en scène de Jean Meyer]. Carton et gouache.

302. Le tréteau des *Fourberies de Scapin* sur la scène du *Vieux-Colombier*, par A.-E. Marty, 1921 [mise en scène de Jacques Copeau ; costumes et décors d'après Callot].

303-304. Couvertures des *Fourberies de Scapin*, Collection du *Vieux-Colombier*, Paris - New York, Gallimard, 1917-1918.

305

Le 11 mars 1672, la création au *Palais-Royal* des *Femmes savantes*, première «*grande comédie*» de Molière depuis *Le Tartuffe* de 1669, marque en même temps la rupture avec Lulli, qui vient d'obtenir de Louis XIV le fameux privilège avec lequel il va créer l'opéra français, et le retour à un registre moins «courtisan». «*Ce divertissement, disait-on* (s'il faut en croire Grimarest), *était sec, peu intéressant et ne convenait qu'à des gens de lecture.*» De fait, cette pièce impeccablement construite, au comique toujours efficace, ressemble fort à un règlement de comptes. Les spectateurs reconnaissent immédiatement, derrière le pédant coureur de dot Vadius, un des personnages les plus en vue de la «scène galante» du temps, le vieil abbé Cotin. De cet éreintement moliéresque, il ne se remettra jamais, et il attend toujours que l'histoire littéraire lui rende justice. Esprit rationnel, voire rationaliste, il avait pourtant été le premier à donner en français un exposé clair et juste de la doctrine physique d'Épicure et à traduire en vers de longs fragments de Lucrèce, bien avant l'homme qui aujourd'hui fait rire un public gagné d'avance en réduisant son œuvre poétique à deux sonnets sans valeur mais sans prétention.

Les mois passent. Molière et Armande ont déménagé. Ils habitent à présent dans la rue de Richelieu. Un nouvel enfant naît, tenu sur les fonts baptismaux par Pierre Boileau-Puy-

305. Jules Trufier et Marguerite Monceau, *dite* Moreno, *Les Femmes savantes*, par Henri de Toulouse-Lautrec, 1893. Lithographie.

Double page suivante :
306. Maquette du décor des *Femmes savantes*, par Roger Chapelain-Midy, 1971. Gouache.

307

morin, frère du satiriste, et Catherine Mignard, fille du peintre, leur voisin. Il ne vivra que dix jours. Molière a entamé une collaboration avec le musicien Marc-Antoine Charpentier, à qui il confie la musique d'une nouvelle comédie-ballet, *Le Malade imaginaire*, qu'il prépare pour le carnaval de 1673.

17 février. Un an auparavant, jour pour jour, Madeleine Béjart mourait, munie des derniers sacrements, après avoir signé, comme l'exige le rituel très strict de Paris, et comme l'ont fait avant elle son frère Joseph, Jodelet, la «*perle des Enfarinés*», René Du Parc, dit Gros-René, et Marquise, sa femme, l'acte de renonciation au théâtre qu'on lui présentait : «*Je soussignée, Madeleine Béjart, promets de renoncer et renonce dès à présent à la profession de comédienne…*» Le lendemain, par permission de l'archevêque François Harlay de Champvallon, qui a succédé à Péréfixe, sa dépouille, accompagnée

d'une théorie de prêtres et d'enfants de chœur, a été convoyée en carrosse de la place du Palais-Royal à l'église Saint-Paul, où elle a été inhumée.

Ce jour-là, la troupe donne la quatrième représentation du *Malade imaginaire* devant une chambrée de quatre cent trois spectateurs. Molière, indisposé, tient son rôle avec peine. « *On lui conseilla pour lors*, écrit l'auteur anonyme de *La Fameuse Comédienne, de ne point achever et de se mettre au lit… Il crut pouvoir aller jusqu'au bout sans se faire beaucoup de tort. Mais dans le temps qu'il*

307. Rachel Boyer, Louis Leloir et Blanche Pierson, dans *Les Femmes savantes*, vers 1885-1890, *Comédie-Française.*

308. Décor du *Malade imaginaire*, par Édouard Vuillard, 1912. Huile sur toile.

309

311

310

309. *Le Malade imaginaire*, par Félix Lorioux, vers 1927. Couverture.

310. Alfred Berliner et Steffi Hinzelmann dans *Le Malade imaginaire*, juillet 1940, Berlin. Représentation de l'Association culturelle juive de Berlin.

311. Version espagnole du *Malade imaginaire*, par Juan Vila Casas, 1969 [mise en scène de José Maria Loperena au *Teatro Español* de Madrid].

312. Pierre Forest et Michel Bouquet dans *Le Malade imaginaire*, 2008 [mise en scène de Georges Werler, *Théâtre de la Porte-Saint-Martin*].

Double page suivante :
313. Muriel Mayette (Toinette), Isabelle Gardien (Béline) et Alain Pralon (Argan) dans *Le Malade imaginaire*, 2005 [mise en scène de Claude Stratz, *Comédie-Française*].

récitait ces vers : “Grandes Doctores Doctrinæ / de la rhubarbe et du séné”, *dans la cérémonie des médecins, il lui tomba du sang de la bouche, ce qui ayant effrayé les spectateurs et ses camarades, on l'emporta chez lui fort promptement.* » Deux heures plus tard, il meurt entre les bras d'un gentilhomme nommé Couton et en présence de deux religieuses demeurant dans la même maison, sans avoir pu signer l'acte de renonciation ni, par conséquent, reçu les derniers sacrements.

Cependant, sollicité par Armande, Harlay de Champvallon permet au curé de Saint-Eustache « *de donner la sépulture ecclésiastique au corps du défunt Molière, à condition que ce sera sans aucune pompe et avec deux prêtres seulement, et hors des heures du jour, et qu'il ne se fera aucun service solennel pour lui… et que notre présente permission sera sans préjudice aux règles du rituel de notre église…* »

Le 21, sur les neuf heures du soir, ils seront quatre prêtres et non deux à assurer le service, assistés de « *six enfants bleus portant six cierges dans six chandeliers d'argent* » et de « *plusieurs laquais portant des flambeaux de cire blanche* ». Malgré le froid et la nuit, sept à huit cents personnes feront le chemin jusqu'au petit cimetière Saint-Joseph, suivies, selon la *Gazette d'Amsterdam*, « *d'autant ou plus de pauvres, à qui l'on fit l'aumône que cet illustre défunt leur avait ordonnée un moment avant que d'expirer* ». Croyons-le pieusement.

314

314. Mort de Molière, anonyme, XIXe siècle.

315

316

317

315. Le Malade imaginaire faisant le Mort pour éprouver l'Amitié de sa Femme. Almanach de l'année 1680.

316. Première tournée officielle de la *Comédie-Française* à Moscou et Leningrad en 1954. Médaille commémorative de Raymond Delamarre. Bronze.

1673

Dimanche 29 Janvier Maris Infidelles 599 ₶ : 10 s

part 33 ₶

Mardy 31 me Maris Infidelles 179 ₶ : 10 s

part 5 ₶ : 5 s

Vendredy 3 feurier Trissotin 298 ₶

part 11 ₶

Mardy 7 me Repetition — Dimanche 5 Idem 388 ₶

part 18 ₶ : 10 s

Piece Nouvelle et derniere de M. de Moliere — Vendredy 10 me 1re Representation du malade Imaginaire 1992 ₶

part 71 ₶ : 14 s

Dimanche 12 Malade Imag.re 1459 ₶

part 55 ₶

Mardy 14 me mal. Imag. 1879 ₶ : 10 s

part 80 ₶

Du Vendredy 17 1219 ₶

part 39 ₶

Ce mesme Jour apres la Comedie sur les 10 heures du soir Monsieur de Moliere mourust dans sa maison Rue de Richelieu, ayant joué le roolle dud. malade Imaginaire fort Incommodé d'un Rhume et fluction sur la poitrine qui luy Causoit une grande toux de sorte que dans les grans Efforts qu'il fist pour cracher il se rompit une veyne dans le Corps et ne vescut pas demye heure ou trois quartz d'heure depuis lad. veyne Rompue et son Corps est Enterré a St Joseph ayde de la parroisse St Eustache. Il y a une tombe Eslevée d'un pied hors de terre.

Dans le desordre ou la troupe se trouva apres cette perte Irreparable le Roy eust dessein de joindre les acteurs qui la composoient aux Comediens de l'hostel de Bourgogne

318

Double page précédente :

317. Ernest Coquelin (cadet) dans *Le Malade imaginaire*, par Léopold-Bernard Bernstamm, XXe siècle. Bronze.

318. Registre de La Grange évoquant la mort de Molière, 17 février 1673.

Le cimetière et sa chapelle furent rasés sous l'Empire et les ossements de Molière égarés, comme ses manuscrits. Sur l'emplacement qu'il occupait, entre la rue du Croissant et la rue Saint-Joseph, à hauteur du 142 de la rue Montmartre, s'élève aujourd'hui un immeuble qui, à la fin du XIXe siècle, abrita les locaux du journal *L'Aurore*. Une plaque indique au passant que là fut imprimé le célèbre *J'accuse... !* d'Émile Zola. Molière, dans ses œuvres, n'a accusé personne, il n'a dénoncé aucune injustice, il n'a combattu d'autre adversaire que le sérieux unilatéral qui fige la pensée, il n'a défendu d'autres causes que celle de la raison humaine, des jeunes gens et de leur droit d'aimer. Mais, comme peu d'autres, il a connu l'art de faire rire — « *étrange entreprise que celle de faire rire les honnêtes gens...* » —, et le rire de ce valet d'un souverain absolu est devenu, comme celui de Chaplin, le rire des gens, honnêtes ou non, un rire libérateur, absolument *souverain.*

М. БУЛГАКОВ
Жизнь господина
де МОЛЬЕРА
ИЗДАТЕЛЬСТВО ЦК ВЛКСМ
«МОЛОДАЯ ГВАРДИЯ»

319

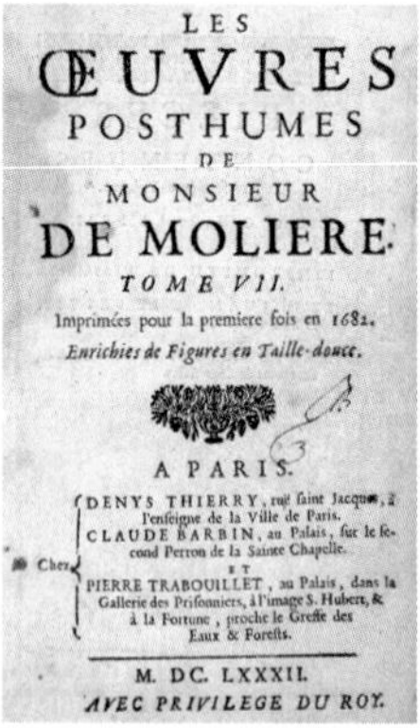
LES
ŒUVRES
POSTHUMES
DE
MONSIEUR
DE MOLIERE.
TOME VII.
Imprimées pour la premiere fois en 1682.
Enrichies de Figures en Taille-douce.
A PARIS,
Chez
DENYS THIERRY, ruë saint Jacques, à l'enseigne de la Ville de Paris.
CLAUDE BARBIN, au Palais, sur le second Perron de la Sainte Chapelle.
ET
PIERRE TRABOUILLET, au Palais, dans la Gallerie des Prisonniers, à l'image S. Hubert, & à la Fortune, proche le Greffe des Eaux & Forests.
M. DC. LXXXII.
AVEC PRIVILEGE DU ROY.

320

319. Page de titre de l'édition russe de *La Vie de Monsieur de Molière*, par Mikhaïl Boulgakov, 1962.

320. Page de titre des *Œuvres posthumes*, tome VII, 1682.

321. Extrait du procès-verbal autographe de l'exhumation des corps de Molière et de La Fontaine, décidée par le Comité civil de Paris, le 6 juillet 1792, pour leur offrir des monuments « *dignes de respect* ». Transférés du cimetière des Innocents à la mairie du IIIe arrondissement avant de trouver place, bien plus tard, au Père-Lachaise.

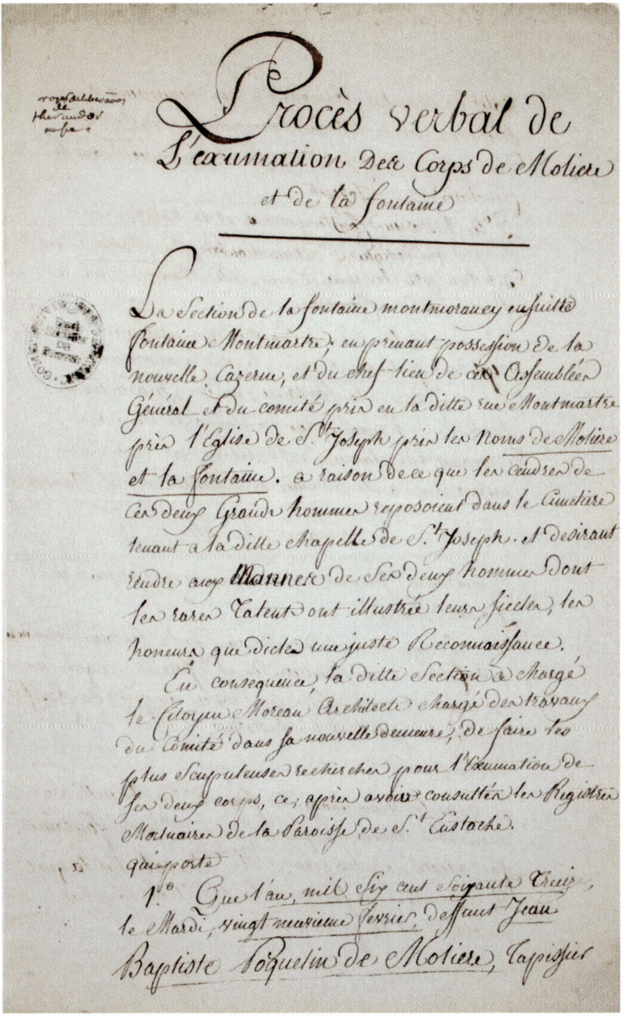

Procès verbal de
l'exumation des Corps de Molière
et de la fontaine

La Section de la fontaine montmorancy ensuitte fontaine Montmartre, en prenant possession de la nouvelle Cazerne, et du chef lieu de ces Assemblées Général et du comité pris en la ditte rue Montmartre près l'Eglise de St Joseph pris les Noms de Molière et la fontaine. a raison de ce que les cendres de ces deux Grands hommes reposoient dans le Cimetière tenant a la ditte chapelle de St Joseph. et desirant rendre aux Mannes de ces deux hommes dont les rares Talents ont illustrés leurs siecles, les honeurs que dicte une juste Reconnaissance.

En consequence, la ditte Section a chargé le Citoyen Moreau Architecte chargé des travaux du Comité dans sa nouvelle demeure, de faire les plus scrupuleuses recherches pour l'Exumation de ces deux corps, ce, après avoir consultés les Registres Mortuaires de la Paroisse de St Eustache.

qui porte

1° Que l'an, mil Six cent Soixante Treize, le Mardi, vingt neuvième fevrier, deffunt Jean Baptiste Poquelin de Molière, Tapissier

321

323

Double page précédente :
322. Statue de Molière à l'entrée de l'*Opéra* d'Avignon, par Jean-Pierre Gras, XXe siècle.

323. Affiche-colonne de la *Comédie-Française, Tri-Centenaire de Molière, Paris, 1680-1922.*

324

324. Finale du *Malade imaginaire*, par Félix Lorioux, 1928. Planche en couleurs.

TABLE DES ILLUSTRATIONS

Les numéros des légendes sont imprimés en chiffres arabes dans le caractère du texte.

par Robert Bénard, d'après Radel. Gravure sur cuivre, tirée de l'*Encyclopédie* de Diderot et d'Alembert, Paris, 1751-1781. Archiv für Kunst und Geschichte, Berlin. Photo © AKG-images.

16. *Femme jouant du luth*, école française, XVIIe siècle. Encre, pierre noire et sanguine, 17,5 × 14 cm. Musée du Louvre, Paris. Photo © RMN – M. Bellot.
17. *Le Mois de mars*, d'après un carton de Charles Le Brun, XVIIe siècle. Détail d'une tapisserie des Gobelins, 330 × 551 cm. Musée national du château, Pau. Photo © RMN – H. Lewandowski.
18. Rideau d'avant-scène de *L'Amour médecin*, par Émile Bertin, 1920 [mise en scène de Georges Berr]. Aquarelle, 27,5 × 35 cm. Bibliothèque de la *Comédie-Française*, Paris. Photo © C. F.
19. Frontispice de la traduction néerlandaise de *La Vie de M. de Molière*, par Grimarest, 1705. Coll. F. Rey. Photo © F. R.
20. *Molière enfant conduit à la foire Saint-Germain par son grand-père*, par Victor. A. Poirzon, XIXe siècle. Gravure, 26 × 17,5 cm. Illustration tirée de *Molière, sa vie, son œuvre*, par Louis Moland, Garnier, 1884. Coll. Éric et Jacques Lorcey. Photo J. Faujour/Éd. Gallimard © J. L.
21. Église Saint-Eustache, Paris. Photo © F. Rey.
22. Le *Pavillon des Singes* apparaît au second plan du tableau *Le Président Molé saisi par les factieux au temps de la Fronde*, par François-André Vincent, 1779. Huile sur toile. Palais-Bourbon, Paris. Photo © AKG-images – L. Lecat.
23. *Farces dans les rues de Paris*, école française, XVIIe siècle. Gouache, 35,5 × 59 cm. Musée Carnavalet, Paris. Photo © RMN – Agence Bulloz.
24. Frontispice et page de titre de *L'Étourdi ou les Contretemps*, Bruxelles, chez Georges de Backer, 1694. Gravure de Jacques Harrewyn. Photo © Kharbine-Tapabor.
25. *Le Cimetière des Innocents*, par Israël Silvestre, XVIIe siècle. Détail d'une gravure. Bibliothèque de l'Arsenal, Paris. Photo F. Rey.
26. *Funambule et mendiant*, par Gilles Allou, XVIIe siècle. Encre et sanguine, 16,4 × 19,7 cm. Musée du Louvre, Paris. Photo © RMN – T. Le Page.
27. *Le Pont-Neuf de Paris*, par Hendrick Mommers, 1665. Huile sur toile, 73 × 98,6 cm. Musée de l'Ermitage, Saint-Pétersbourg. Photo © AKG-images.
28. Molière interprété par Julien Courbey dans *Jean de La Fontaine*, film de Daniel Vigne, 2007. Photo © Rue des Archives/BCA.
29. Exécution à la Croix-du-Trahoir le 16 novembre 1650. Illustration tirée de l'*Histoire mémorable et véritable récit de l'assassinat du baron de Saint-Églan*, Paris, chez N. Jacquard, 1650. Bibliothèque nationale de France, Paris. Photo © BNF.
30. *Supplice de Brunehault*, par le Maître de la Cité des Dames, vers 1415. Enluminure tirée *Des cas des nobles hommes et femmes*, de Boccace. Bibliothèque nationale de France, Paris. Photo © BNF.
31. *Arrestation et exécution du maréchal d'Ancre* [Concino Concini]*, 24 avril 1617, dans la cour du Louvre*, par Frans Hogenberg, XVIIe siècle, Eau-forte, 17,9 × 28 cm. Musée national du château, Pau. Photo © RMN – R.-G. Ojéda.
32. *Molière en saint Jean-Baptiste tenant un* Don Juan, école française, XVIIe siècle. Gouache sur vélin, 15 × 10 cm. Musée de Vulliod Saint-Germain, Pézenas. Photo © Bridgeman Giraudon.
33. *Quai et pont de la Tournelle, Paris,* par Theodor Dirck Matham, vers

1646. Huile sur toile, 100 × 141 cm. Musée Carnavalet, Paris. Photo © RMN – C. Jean.

34. *Le Maistre d'Escole*, par Abraham Bosse, vers 1638. Estampe tirée d'une édition de Le Blond. Bibliothèque nationale de France, Paris. Photo © BNF.

35. *Collège de Clermont*, par Étienne Martellange, 1638. Crayon. Bibliothèque nationale de France, Paris. Photo © BNF.

36. Portrait de Molière par Adolphe Lalauze. Frontispice et page de titre des *Points obscurs de la vie de Molière*, par Jules Loiseleur, Paris, chez Isidore Liseux, 1877. Coll. F. Rey. Photo © F. R.

37. Costume de Silène, pour *Psyché*, par Henry Gissey, 1671. Nationalmuseum, Tessin Collection, Stockholm. Photo © Nationalmuseum.

38. *Pierre Gassendi*, d'après François Chauveau, XVIIe siècle. Estampe. Bibliothèque nationale de France, Paris. Photo © BNF.

39. *« L'Illustre Théâtre » de Molière*, jeu de société inventé par Robert Manuel, Éd. Nathan, vers 1976. Boîte, 33 × 46 × 5 cm. Coll. Lorcey, Paris. Photo J. Faujour/Éd. Gallimard © Nathan.

40. *Cyrano de Bergerac*, d'après Zacharie Heince, XVIIe siècle. Estampe. Bibliothèque nationale de France, Paris. Photo © BNF.

41. *Farceurs dansants*, par Pieter Janz Quast, XVIIe siècle. Huile sur panneau, 42,5 × 55,5 cm. Bibliothèque de la *Comédie-Française*, Paris. Photo © C. F. – P. Lorette.

42. La troupe de l'Illustre Théâtre, dans *Molière*, film de Laurent Tirard, 2007. Photo © The Kobal Collection.

43. Couverture de *Dom Juan*. Paris, Bordas, 1967, collection « Petit classique Bordas ». Coll. A. Egger.

44. Fernandel dans le rôle de Sganarelle par Jan Mara, 1955. Gouache, 42 × 34 cm. Maquette originale pour le film *Dom Juan* de John Berry, 1956. Coll. Lorcey. Photo J. Faujour/Éd. Gallimard © Mara.

45. Madeleine Béjart en Madelon dans *Les Précieuses ridicules*, anonyme, après 1659. Huile sur marbre, 33,5 × 29 cm. Bibliothèque nationale de France, Paris. Photo © Bridgeman Giraudon.

46. Page de titre du *Page disgracié*, par Tristan L'Hermite, Paris, chez Toussainct Quinet, 1643. Coll. part., Migny. Photo © Kharbine Tapabor.

47. L'acteur Jodelet, *alias* Julien Bedeau, anonyme, XVIIe siècle. Estampe, 15,6 × 11,5 cm. Châteaux de Versailles et de Trianon, Versailles. Photo © RMN – G. Blot.

48. *Charlatans sur les tréteaux de la place Dauphine*, anonyme, XVIIe siècle. Estampe. Bibliothèque nationale de France, Paris. Photo © Roger-Viollet.

49. Page de titre d'*Élomire hypocondre ou les Médecins vengez*, par Le Boulanger de Chalussay, Paris, chez Charles de Sercy, 1670. Bibliothèque nationale de France, Paris. Photo © BNF.

50. Molière et Madeleine Béjart en *Mars et Vénus*, par Nicolas Mignard, 1658. Huile sur toile, diam. 14,3 cm. Musée Granet, Aix-en-Provence. Photo © Dagli Orti.

51. *Les Premiers Comédiens de l'*Hôtel de Bourgogne, *Turlupin, Gaultier-Garguille et Gros-Guillaume*, d'après Abraham Bosse, XVIIe siècle. Fac-similé d'une gravure, 20 × 26 cm, parue dans *La Comédie-Française* d'Arsène Houssaye, chez Le Dentu, 1880. Coll. Lorcey. Photo J. Faujour/Éd. Gallimard © J. L.

52. *Déclaration du Roy Louis XIII au sujet des comédiens*, 16 avril 1641. Imprimé. Bibliothèque de la *Comédie-Française*, Paris. Photo © C. F.

53. Frontispice de *L'Enfer burlesque*, par Charles Jaulnay, Cologne, chez

Jean Le Blanc, 1677. Bibliothèque de la *Comédie-Française*, Paris. Photo © C. F.

54. Parmi les représentations favorisées par Richelieu, *L'Illusion comique* de Pierre Corneille. Page de titre, d'une édition publiée à Lyon, chez Claude La Rivière, 1653. Musée Pierre Corneille, Rouen. Photo © Dagli Orti.

55. *Anne d'Autriche et Mazarin*, par Richard Parkes Bonington, XIXe siècle. Huile sur toile, 35 × 27 cm. Musée du Louvre, Paris. Photo © RMN – H. Lewandowski.

56. Claudy Chapeland dans le rôle de Louis XIII enfant, Maurice Tillet dans celui de Richelieu et Louis Arbessier en Louis XIII adulte, lors du tournage de *Si Versailles m'était conté*, film de Sacha Guitry, 6 juillet 1953. Photo © Roger-Viollet.

57. Georges Wilson, acteur et metteur en scène de *L'Illusion comique* de Pierre Corneille, 1966, représentée au *TNP*, Paris. Photo © Studio Lipnitzki – Roger-Viollet.

58. *Tapissiers à l'ouvrage*, par Robert Bénard, d'après Radel. Gravure sur cuivre, tirée de l'*Encyclopédie* de Diderot et d'Alembert, Paris, 1751-1781. Archiv für Kunst und Geschichte, Berlin. Photo © AKG-images.

59. *Les Comédies de Molière*. Détail d'un papier peint panoramique, manufacture Joseph Dufour, Paris, 1826. Bibliothèque des Arts décoratifs, Paris. Photo © Dagli Orti.

60. *Farceurs français et italiens*, école française, vers 1670. Aux côtés de Molière, à gauche, les acteurs Jodelet, Poisson, Turlupin, le Capitan Matamore, Arlequin, Guillot-Gorju, Gros-Guillaume, le Dottor Grazian Balourd, Gaultier-Garguille, Polichinelle, Pantalon, Philippin, Scaramouche, Briguelle et Trivelin. Huile sur toile, 93 × 138 cm. Bibliothèque de la *Comédie-Française*, Paris. Photo © C. F. – P. Lorette.

61. *Foire de Saint-Germain*. Un événement qui se déroule une fois l'an, en février, et pendant quinze jours. Estampe, éditée par Gérard Iollain [Jollain], Paris, XVIIIe siècle. Bibliothèque nationale de France, Paris. Photo © BNF.

62. *Jeu de paume au XVIIe siècle*. Illustration tirée du *Centre de l'Amour, découvert soubs divers emblesmes galans et facétieux*, Paris, chez Cupidon, 1680. Bibliothèque de l'Arsenal, Paris. Photo © BNF.

63. Bibliothèque de Pierre Corneille dans sa maison natale de Rouen. Photo © AKG-images – E. Lessing.

64. Fanny Ardant interprétant Pauline dans *Polyeucte* de Pierre Corneille, 1974 [mise en scène de Dominique Leverd, Festival du Marais]. Photo © Studio Lipnitzki – Roger-Viollet.

65. *Scène de duel derrière les boutiques du Pont-Neuf*, école française, vers 1665-1670. Huile sur toile. Musée Carnavalet, Paris. Photo © Bridgeman Giraudon.

66. Frontispice de *La Mort de Pompée*, de Pierre Corneille, Paris, chez Antoine de Sommaville et Augustin Courbé, 1644. Estampe de François Chauveau. Bibliothèque nationale de France, Paris. Photo © BNF.

67. Page de titre d'*Artaxerxe, tragédie représentée par l'Illustre Théâtre*, de Jean Magnon, Paris, chez Cardin Besongne, 1645. Bibliothèque de l'Arsenal, Paris. Photo F. Rey.

68. Détail du *Portrait de Molière*, attribué à Charles-Antoine Coypel, XVIIe siècle. Huile sur toile, 80 × 64 cm. Bibliothèque de la *Comédie-Française*, Paris. Photo © C. F.

69. Signature autographe de Jean-Baptiste Poquelin Molière. Bibliothèque de la *Comédie-Française*, Paris. Photo © C. F.

70. *La Polyxène de Molière* [François de Molière d'Essertines], Paris, chez Antoine de Sommaville et Augustin Courbé, 1644. Bibliothèque de

l'Arsenal, Paris. Photo F. Rey.

71. Acte notarié de 1670 signé par Molière (se portant garant de l'un de ses comédiens, Michel Baron). Ce document manuscrit a été offert à la *Comédie-Française* par Alexandre Dumas fils en 1884. Bibliothèque de la *Comédie-Française*, Paris. Photo © C. F.

72. *Portrait de François de Molière, sieur d'Essertines*, par Jean Picquet d'après Daniel Dumonstier, 1620. Frontispice de *La Semaine amoureuse* de François de Molière. Bibliothèque de l'Arsenal, Paris. Photo © BNF.

73. Catherine Salviat (Cathos) et Virginie Pradal (Madelon) dans *Les Précieuses ridicules*, 1971 [*Comédie-Française*]. Photo © Rue des Archives – AGIP.

74. Scène de théâtre à l'*Intérieur d'un jeu de paume*, par Abraham Bosse, XVIIe siècle. Encre, 12 × 12 cm. Bibliothèque nationale de France, Paris. Photo © RMN – Agence Bulloz.

75. *Personnages de théâtre*, par Jacques Callot, XVIIe siècle. Lavis gris et pierre noire, 29,5 × 23,4 cm. Musée du Louvre, Paris. Photo © RMN – T. Le Mage.

76. *Le Grand Châtelet de Paris*, par Caspar Merian, XVIIe siècle. Gravure, 27,2 × 69,5 cm. Bibliothèque de l'Arsenal, Paris. Photo F. Rey.

77. *La Comédie des comédiens* de Georges de Scudéry, créée en 1634 au *Théâtre du Marais*, frontispice de Michel van Lochom, XVIIe siècle. Gravure. Musée Pierre Corneille, Rouen. Photo © Dagli Orti.

78. Frontispice du *Roman comique*, de Paul Scarron, pour la seconde édition anglaise, 1676. Gravure de William Faithorne. Coll. part. Photo © Bridgeman Giraudon.

79. *Représentation de* Mirame *au* Palais-Cardinal *devant Louis XIII, Anne d'Autriche et Richelieu*, par Jean de Saint-Igny, le 14 janvier 1641. Estampe. Musée des Arts décoratifs, Paris. Photo © RMN – Agence Bulloz.

80. *Portrait équestre du jeune Louis XIV partant pour la chasse*, par Jean de Saint-Igny, vers 1647. Huile sur bois, 41 × 30 cm. Musée Condé, Chantilly. Photo © RMN – R.-G. Ojéda.

81. *La Fronde 1648-1653 ; révolte de l'aristocratie et du parlement de Paris contre la monarchie absolutiste.* Eau-forte. Bibliothèque nationale de France, Paris. Photo © AKG-images.

82. Couverture de la revue *Le Moliériste*, première année, Paris, Librairie Tresse, 1880. Coll. F. Rey. Photo © F. R.

83. *Gabriel Nicolas de La Reynie, lieutenant général de la police, conseiller d'État*, d'après Pierre Mignard, 1665. Estampe de Pierre-Louis van Schuppen, 35,2 × 27,4 cm. Châteaux de Versailles et de Trianon, Versailles. Photo © RMN – F. Raux.

84. *Vue de Cadillac en Guyenne*, par Joachim Duviert, 1612. Encre. Bibliothèque nationale de France, Paris. Photo © BNF.

85. *Le Charlatan*, par Jean Tassel, XVIIe siècle. Huile sur toile, 71 × 100 cm. Musée Massey, Tarbes. Photo © RMN – M. Bellot.

86. Michel Boujenah (Sganarelle) et Jacques Weber (Dom Juan) dans *Dom Juan*, film de Jacques Weber, 1998. Photo © Rue des Archives – Coll. CSFF.

87. Page de titre de *La Troupe de Molière à Agen*, par Adolphe Magen, Paris, chez A. Claudin, et Bordeaux, chez Ch. Lefebvre, 1877. Coll. F. Rey. Photo © F. R.

88. *Molière à Pézenas dans la boutique du barbier*, par François-Marius Granet, XVIIIe siècle. Aquarelle, crayon, encre et lavis, 24,5 × 37,5 cm. Musée du Louvre, Paris. Photo © RMN – T. Le Mage.

89. *Andromède*, par Gustave Moreau, XIXe siècle. Aquarelle, 15,4 × 13,7 cm. Musée Gustave Moreau, Paris. Photo © RMN – R.-G. Ojéda.

90. *Armand de Bourbon, prince de Conti*, école française, XVIIe siècle. Aquarelle et gouache sur parchemin, 12,6 × 10,7 cm. Musée Condé, Chantilly. Photo © RMN – R.-G. Ojéda.
91. *Sganarelle*, par Paul Klee, 1922. Aquarelle. Kunstsammlung Nordrhein-Westfalen, Düsseldorf. Photo © AKG-images.
92. Constant Coquelin (Sganarelle) et Sarah Bernhardt (Absinthe), réclame pour la marque *Terminus*, par Francisco Tamagno, XIXe siècle. Lithographie en couleurs. Coll. part. Photo © Bridgeman Giraudon.
93. Costume de Janus pour *Le Ballet de la Nuit*, de Lulli, donné à la cour de Louis XIV le 23 février 1653. Aquarelle sur papier, attribuée à Henry Gissey, XVIIe siècle. Bibliothèque de l'Institut de France, Paris. Photo © Bridgeman Giraudon.
94. Louis XIV à la mandoline pendant *Le Ballet de la Nuit* de février 1653. Aquarelle sur papier. Bibliothèque nationale de France, Paris. Photo © BNF.
95. Troupe italienne, par Gilles Allou, XVIIe siècle. Encre et sanguine, 15,3 × 19,7 cm. Musée du Louvre, Paris. Photo © RMN – T. Le Mage.
96. *Le Médecin volant*, 1990 [mise en scène de Dario Fo, décor de Claude Lemaire, *Salle Richelieu*]. Bibliothèque de la *Comédie-Française*, Paris. Photo © CF.
97. Couverture du *Médecin volant* et du *Médecin malgré lui*, présentés par Jacques Copeau, Lyon, I.A.C., 1943. Coll. part. Photo © N. G.
98. Maquette de costume pour Métaphraste dans *Le Dépit amoureux*, par Charles Bétout, 1923. Crayon, aquarelle et gouache, 31 × 22 cm. Bibliothèque de la *Comédie-Française*, Paris. Photo © CF – P. Lorette.
99. *Les Deux Médecins et la Mort*, par Honoré Daumier, 1860. Aquarelle, 32,5 × 28 cm. Coll. Oskar Reinhart, Winthertur. Photo © AKG-images.
100. *Acteurs comiques et tragiques*, attribué à Jean-Antoine Watteau, XVIIIe siècle. Crayon et encre sur papier. Musée Carnavalet, Paris. Photo © Bridgeman Giraudon.
101. *Le* Palais des Papes *en Avignon*. Photo © AKG-images – P.M.R. Maeyaert.
102. *Portrait de Molière*, par Pierre Mignard, XVIIe siècle. Huile sur toile, 71 × 56 cm. Bibliothèque de la *Comédie-Française*, Paris. Photo © CF. – P. Lorette.
103. *Portrait de Molière*, d'après Nicolas Mignard, XVIIe siècle. Huile sur toile, diam. 70 cm. Châteaux de Versailles et de Trianon, Versailles. Photo © RMN – G. Blot.
104. *Portrait de Molière*, par Pierre Mignard, XVIIe siècle. Huile sur toile, 55 × 48,5 cm. Musée Condé, Chantilly. Photo © RMN – H. Bréjat.
105. *Portrait de Molière dans le rôle de César* [*La Mort de Pompée*, Corneille], par Nicolas Mignard, XVIIe siècle. Huile sur toile, 79 × 62 cm. Bibliothèque de la *Comédie-Française*, Paris. Photo © CF. – P. Lorette.
106. Frontispice du *Timocrate*, succès de Thomas Corneille en 1656-1657. Gravure d'une édition de 1701. Bibliothèque nationale de France, Paris. Photo © AKG-images.
107. La troupe de Molière jouant *Le Menteur* de Pierre Corneille à Rouen, au *Jeu de paume des Braques*. Gravure par Jules Adeline. XIXe siècle. Maison de Pierre Corneille, Petite Couronne. Photo © Dagli Orti.
108. *Corneille accueilli au théâtre par le Grand Condé*, par Joseph-Désiré Court, vers 1828-1829. Esquisse à l'huile. Musée Pierre Corneille, Rouen. Photo © Dagli Orti.
109. Caricature de Molière assailli par les médecins armés de clystères, anonyme, XVIIe siècle. Gravure. Photo © Rue des Archives – Tal.

110. *Source Molière, Vichy chez soi*, affiche-réclame anonyme, vers 1900. Coll. Perrin. Photo © Kharbine-Tapabor.

111. *Alceste en proie à ses juges*, par Albert Dubout, 1955. Illustration tirée des *Œuvres* de Molière, Imprimerie nationale, 24 × 18,3 cm. Coll. Lorcey. Photo J. Faujour/Éd. Gallimard © Dubout.

112. Tournage de *Molière ou la Vie d'un honnête homme*, film d'Ariane Mnouchkine, 1981. Photo © Pat Morin – Rue des Archives.

113. *Grande cascade du château de Saint-Cloud*, par Adam Frans van der Meulen, XVIIe siècle. Huile sur toile, 180 × 334 cm. Châteaux de Versailles et de Trianon, Versailles. Photo © RMN – G. Blot.

114. Détail d'une *Vue de la Seine et du palais du Louvre depuis le Pont-Neuf*, école française, XVIIe siècle. Huile sur toile, 58 × 133,5 cm. Châteaux de Versailles et de Trianon, Versailles. Photo © RMN – G. Blot.

115. *François de La Mothe Le Vayer*, école française, 1639. Huile sur toile, 63 × 52 cm. Châteaux de Versailles et de Trianon, Versailles. Photo © RMN – G. Blot.

116. *Henriette d'Angleterre, duchesse d'Orléans,* dite *Madame, présentant le portrait de son époux, Philippe de France,* dit *Monsieur,* par Antoine Mathieu l'Ancien, XVIIe siècle. Huile sur toile, 175 × 139 cm. Châteaux de Versailles et de Trianon, Versailles. Photo © RMN – G. Blot.

117. Frontispice intérieur de l'*Histoire comique des Estats et Empires de la Lune*, par Cyrano de Bergerac, Amsterdam, 1709. Bibliothèque de la *Comédie-Française*, Paris. Photo © C. F.

118. *Salle du Petit-Bourbon lors de l'ouverture des États généraux du 27 octobre 1614*. Gravure, 56 × 80 cm. Bibliothèque de la *Comédie-Française*, Paris. Photo © C. F.

119. *Scaramucia et Fricasso, personnages de la Commedia dell'arte,* par Jacques Callot, XVIIe siècle. Estampe. Bibliothèque de la Ville de Paris, Paris. Photo © BHVP – Grob/Kharbine-Tapabor.

120. *Tiberio Fiorilli,* dit *Scaramouche*, anonyme, 1680. Buste en ronde bosse. Museo Teatrale alla Scala, Milan. Photo © AKG-images – Electra.

121. Illustration du jeu théâtral au XVIIe siècle : Louis XIV et sa suite, assis sur la scène, assistent à une comédie de Molière. Tableau d'histoire pour les écoles, Montmorillon (Vienne), Éditions Rossignol, 1953. Photo © Rossignol – Kharbine-Tapabor.

122. Yves Gasc (Lélie), Philippe Noiret (Trufaldin) et Daniel Sorano (Mascarille) dans *L'Étourdi*, Paris, *TNP*, 1955. Phot © Studio Lipnitzki – Roger-Viollet.

123. *Portrait présumé de Charles Varlet de La Grange*, attribué à Élisabeth-Sophie Chéron, XVIIe siècle. Le grand peigne pourrait être l'attribut des marquis portant perruque à la cour de Louis XIV et dont La Grange jouait les rôles. Huile sur toile, 73 × 61,5 cm. Coll. Lorcey. Photo J. Faujour/Éd. Gallimard © J. L.

124. *L'Étourdi*, de Jan Punt, 1740. Gravure, 14,5 × 11,5 cm, d'après une composition de François Boucher, pour l'édition des *Œuvres*, Amsterdam, 1741, et aquarellée à la main. Coll. Lorcey. Photo J. Faujour/Éd. Gallimard © J. L.

125. *De rerum natura* (*De la nature*), par Lucrèce. Première page d'une édition enluminée de 1515, chez Andrea Navagero. Bibliothèque nationale de France, Paris. Photo © BNF.

126. Thierry Hancisse (Mascarille) dans *Les Précieuses ridicules*, 1993 [mise en scène de Jean-Luc Boutté, *Comédie-Française*]. Bibliothèque de la *Comédie-Française*, Paris. Photo © C. F. – C. Doury.

127. Scène des *Précieuses ridicules* – Mascarille déguisé en petit marquis

rencontre Madelon et Cathos –, par J. J. Grandville, vers 1845. Mine de plomb, 22,7 × 18,6 cm. Musée des Beaux-Arts, Nancy. Inv. 877.1392. Photo © Ville de Nancy – P. Buren.

128. Caricature de Molière, par André Lebon, vers 1960-1970. Crayon, 20,5 × 16,5 cm. Coll. Lorcey. Photo J. Faujour/Éd. Gallimard © Lebon.

129. *Nicolas Boileau-Despréaux*, par Émile Bayard, 1873. Gravure coloriée, 27 × 18 cm, pour les *Œuvres* de Boileau, chez Laplace-Sanchez. Coll. Lorcey. Photo J. Faujour/Éd. Gallimard © J. L.

130. *La Description des superbes machines et des magnifiques changemens du theatre du Festin de pierre ou l'Athée foudroyé, de Monsieur de Moliere*, [s. l.,] XVIIe siècle. Bibliothèque municipale, Grenoble. Cote B.4477 Rés. Photo © BMG.

131. Maquette de costumes pour *Les Fâcheux*, par Charles Bétout, 1921 [mise en scène de Georges Berr]. Crayon, aquarelle et gouache, 25 × 32,5 cm. Bibliothèque de la *Comédie-Française*, Paris. Photo © C. F. – P. Lorette.

132. Frontispice et page de titre de *L'École des femmes*, d'après Pierre Brissart, 1682. Gravure tirée des *Œuvres*, Paris, chez Denys Thierry, Claude Barbin et Pierre Trabouillet, 1682. Photo © J. Vigne – Kharbine-Tapabor.

133. Lucien Guitry dans Arnolphe de *L'École des femmes*. Couverture de la revue *Le Théâtre*, 15 octobre 1924. Photo © Kharbine-Tapabor.

134. Page du Registre de La Grange : « *Extraict des receptes et des affaires de la Comédie* », ou journal des activités quotidiennes de la troupe de Molière, pour le premier semestre 1664, tenu par Charles Varlet de La Grange de 1659 à 1685. Bibliothèque de la *Comédie-Française*, Paris. Photo © C. F. – P. Lorette.

135. *Festin donné après le mariage de Louis XIV et Marie-Thérèse, fille du roi d'Espagne, à Saint-Jean-de-Luz le 9 juin 1660*. Gravure sur cuivre, vers 1660. Bibliothèque nationale de France, Paris. Photo © AKG-images – J. da Cunha.

136. Relation de l'entrée triomphale de Louis XIV et de Marie-Thérèse à Paris le 26 août 1660, dans le recueil édité à Paris chez van Merlen, 1665. Châteaux de Versailles et de Trianon, Versailles. Photo © RMN – G. Blot.

137. Perruques utilisées dans *Les Précieuses ridicules*, 1993 [mise en scène de Jean-Luc Boutté, *Comédie-Française*]. Bibliothèque de la *Comédie-Française*, Paris. Photo © C. Doury.

138. Satyre au masque. Frontispice des *Œuvres* de Molière, Berlin, chez Robert Roger, 1700. Bibliothèque de l'Arsenal, Paris. Photo © BNF.

139. Gravure de Laurent Cars, d'après François Boucher. Frontispice et page de titre des *Précieuses ridicules*, Paris, 1734. Photo © J. Vigne – Kharbine-Tapabor.

140. Maquette des *Précieuses ridicules* avec la Carte du Tendre, par Christine Laurent, 1971 [mise en scène de Jean-Louis Thamin]. Carton peint, 0,54 × 0,36 × 0,41 cm. Bibliothèque de la *Comédie-Française*, Paris. Photo © C. F. – P. Lorette.

141. Costumes de Mascarille et des porteurs pour *Les Précieuses ridicules*, par Pierre Roy, 1966. Aquarelle, 24 × 30 cm. Maquette originale pour la compagnie Jacques Lorcey. Coll. Lorcey. Photo J. Faujour/Éd. Gallimard © Roy.

142. *Atelier d'imprimerie*, par Abraham Bosse, 1642. Eau-forte. Bibliothèque nationale de France, Paris. Photo © BNF.

143. Page de titre de *La Pretieuse ou le Mystere de la ruelle, dédiée à telle qui n'y pense pas*, par Michel de Pure, Paris, chez Guillaume de Luynes, 1660. Bibliothèque nationale de France,

Paris. Photo © BNF.

144. Page de titre du *Grand Dictionaire des Pretieuses*, par Antoine Baudeau de Somaize, Paris, chez Jean Ribou, 1661. Bibliothèque de l'Arsenal, Paris. Photo F. Rey.

145. Travaux de la colonnade du Louvre, par Sébastien Leclerc l'Ancien, XVIIe siècle. Estampe. Châteaux de Versailles et de Trianon, Versailles. Photo © RMN – DR.

146. Frontispice de *Sganarelle ou le Cocu imaginaire*, d'après Pierre Brissart, 1682. Gravure tirée des *Œuvres*, Paris, chez Denys Thierry, Claude Bardin et Pierre Trabouillet, 1682. Bibliothèque des Arts décoratifs, Paris. Photo © Dagli Orti.

147. *Portrait de Molière*, par Charles Le Brun, 1660. Huile sur toile, 67 × 57 cm. Musée Pouchkine, Moscou. Photo © AKG-images.

148. Sacha Guitry en Louis XIV et Gilbert Boka en Louis XVI. Pause pendant le tournage de *Si Versailles m'était conté*, film de Sacha Guitry, 31 août 1953. Cliché colorisé. Photo © Rue des Archives – AGIP.

149. *Molière faisant l'aumône à l'entrée du théâtre*, par Édouard-Henri-Théophile Pingret, 1834. Huile sur toile, 92 × 73 cm. Palais des Beaux-Arts, Lille. Photo © RMN – J. Quecq d'Henripret.

150. Frontispice de *Dom Garcie de Navarre ou le Prince jaloux*, d'après Pierre Brissart, 1682. Gravure tirée des *Œuvres*, Paris, chez Denys Thierry, Claude Bardin et Pierre Trabouillet, 1682. Photo © Vav – Kharbine-Tapabor.

151. Registre de La Grange, 1664. Remarques sur les déplacements des comédiens d'une troupe à l'autre. Bibliothèque de la *Comédie-Française*, Paris. Photo © C. F. – P. Lorette.

152. Étude d'expressions : *Le Désespoir*, par Charles Le Brun, XVIIe siècle. Encre et pierre noire, 19,4 × 25,5 cm. Musée du Louvre, Paris. Photo © RMN – M. Coursaget.

153. *Costume de Louis XIV*, par André Derain, vers 1903. Huile sur toile, 73 × 40 cm. Coll. part. Photo © DACS – Bridgeman Giraudon.

154. *Molière et les personnages de ses comédies*, par Edmond Geoffroy, 1857. Huile sur toile, 130 × 170 cm. Bibliothèque de la *Comédie-Française*, Paris. Photo © C. F. – P. Lorette.

155. Frontispice de *L'École des maris*, d'après Pierre Brissart, 1682. Gravure tirée des *Œuvres*, Paris, chez Denys Thierry, Claude Bardin et Pierre Trabouillet, 1682. Photo © J. Vigne – Kharbine-Tapabor.

156. *Nicolas Fouquet, surintendant des Finances*, par Édouard Lacretelle, XIXe siècle. Huile sur toile, 65 × 64 cm, d'après Robert Nanteuil. Châteaux de Versailles et de Trianon, Versailles. Photo © RMN – G. Blot.

157. Ce n'est qu'au XIXe que le château de Fontainebleau sera doté d'un véritable théâtre, 2007. Photo © AKG-images – M. Deville.

158. Vue de Paris (au fond, l'île de la Cité), décor d'opéra par Giacomo Torelli, 1644. Illustration tirée de *Feste theatrali per La Finta Pazza*, de Francesco Paolo Sacrati. Bibliothèque nationale de France, Paris. Photo © BNF.

159. Maquette de costumes pour *Les Fâcheux*, par Charles Bétout, 1921 [mise en scène de Georges Berr]. Crayon, aquarelle et gouache, 25 × 32,5 cm. Bibliothèque de la *Comédie-Française*, Paris. Photo © C. F. – P. Lorette.

160. *Armoiries de Molière et de sa femme*, Armande Béjart. Illustration tirée de *La Famille de Molière et ses représentants actuels : d'après les documents authentiques*, par E. Révérend du Mesnil, Paris, chez Isidore Liseux, 1879. Coll. F. Rey. Photo © F. R.

161. *Armande Béjart en costume de Vénitienne jouant de la guitare*, par Frédéric-Auguste Laguillermie, 1880.

Gravure, 43 × 30 cm, tirée de *Molière, sa femme et sa fille*, d'Arsène Houssaye, chez Le Dentu, 1880. Coll. Lorcey. Photo J. Faujour/Éd. Gallimard © J. L.

162. *Dialogue des personnages de Comédie*, par George Barbier, 1918. Encre de Chine, 30 × 24 cm, destinée à illustrer un texte de Rip publié dans *Fémina*, n° 287, juin 1918. Coll. Lorcey. Photo J. Faujour/Éd. Gallimard © Barbier.

163. Pompée et Perpenna dans *Sertorius* [de Pierre Corneille] par Wirscher, vers 1780. Gouache sur papier. Bibliothèque de la *Comédie-Française*, Paris. Photo © Bridgeman Giraudon.

164. Scènes du *Festin de pierre*, du *Misanthrope*, du *Tartuffe* et portrait de Molière, par Jan Punt, 1740. Gravures, 14,5 × 11,5 cm, d'après des compositions de François Boucher, pour l'édition des *Œuvres*, Amsterdam, 1741, et aquarellées à la main. Coll. Lorcey. Photo J. Faujour/Éd. Gallimard © J. L.

165. *Molière et Boileau*, par Claude Gillot, XVIIIe siècle. Sanguine, 13,7 × 16,9 cm. Bibliothèque de la *Comédie-Française*, Paris. Photo © C. F. – P. Lorette.

166. *Les Batailles de Molière, Comédie-Française*, 22 octobre 1956. Affiche, 40 × 60 cm. Coll. Lorcey. Photo J. Faujour/Éd. Gallimard © J. L.

167. Michel Aumont (Arnolphe) et Isabelle Adjani (Agnès) dans *L'École des femmes*, *Comédie-Française*, 1973. Photo © Rue des Archives – AGIP.

168. Esquisse du décor de *L'École des femmes*, par Christian Bérard, 1936 [mise en scène de Louis Jouvet]. Gouache. Bibliothèque nationale de France, Paris. Photo © AKG-images.

169. *Le Duc d'Enghien, roi des Indes*, lors du Carrousel de juin 1662 aux Tuileries, par Israël Silvestre, XVIIe siècle. Gravure en couleurs. Bibliothèque municipale, Versailles. Photo © Bridgeman Giraudon.

170. *Portrait de Jean Racine*, par son fils Jean-Baptiste, après 1714. Encre. Bibliothèque nationale de France, Paris. Photo © BNF.

171. Frontispice de *L'Impromptu de Versailles*, d'après Pierre Brissart, 1682. Gravure tirée des *Œuvres*, Paris, chez Denys Thierry, Claude Bardin et Pierre Trabouillet, 1682. Photo © J. Vigne – Kharbine-Tapabor.

172. *L'Impromptu de Versailles*, par Adolphe Lalauze, 1874. Crayon rehaussé de gouache, 28 × 20 cm. Étude préparatoire pour une suite de 34 gravures illustrant les *Œuvres* de Molière, 1875. Coll. Lorcey. Photo J. Faujour/Éd. Gallimard © J. L.

173. Georgette, servante d'Arnolphe, dans *L'École des femmes*, par Jacques Le Marquet, 1973 [mise en scène de Jean-Paul Roussillon]. Feutre, 44,5 × 32,2 cm. Bibliothèque de la *Comédie-Française*, Paris. Photo © C. F. – P. Lorette.

174. Couverture de *L'École des femmes*, Paris, Nilsson, 1932. Coll. A. Egger.

175. Illustration de *L'École des femmes*, par Albert Dubout, 1954. Aquarelle, 31 × 24 cm. Coll. Lorcey. Photo J. Faujour/Éd. Gallimard © Dubout.

176. Relevé de *L'École des femmes*, par Valnay, 1879 [mise en scène d'Émile Perrin]. Encre et aquarelle, 31,2 × 32,2 cm. Bibliothèque de la *Comédie-Française*, Paris. Photo © C. F. – P. Lorette.

177. *François de Beauvilliers, duc de Saint-Aignan*, par Antoine Masson, 1686. Estampe. Bibliothèque nationale de France, Paris. Photo © BNF.

178. Projet de costume pour la bohémienne du *Mariage forcé*, par Alexandre-Nikolaïevitch Benois, 1913. Gouache, 31,2 × 23,2 cm. Musée A. A. Bakhrouchione, Moscou. Photo © AKG-images.

179. *Portrait de Molière*, par Roland Lefebvre, XVIIe siècle. Dessin aux trois crayons, 46,5 × 36 cm. Bibliothèque

de la *Comédie-Française*, Paris. Photo © C. F. – P. Lorette.

180. Représentation du *Mariage forcé* au Cambodge, 1956 [mise en scène d'Ahmet Kefik Pacha]. Bibliothèque de la *Comédie-Française*, Paris. Photo © C. F.

181. Frontispice et page de titre du *Mariage forcé*, Bruxelles, chez Georges de Backer, 1694. Gravure de Jacques Harrewyn. Photo © Vav – Kharbine-Tapabor.

182. Première journée des *Plaisirs de l'Île enchantée*, d'après Jules Pelcoq, vers 1865. Gravure pour l'édition populaire des *Œuvres* de Molière, chez Charles Lahure, 1866. Coll. Lorcey. Photo J. Faujour/Éd. Gallimard © J. L.

183. Figure casquée de Bradamante, coupe de Casteldurante, XVIᵉ siècle. Faïence, diam. 22 cm. Musée national de la Céramique, Sèvres. Photo © RMN – C. Jean.

184. Troisième journée des *Plaisirs de l'Île enchantée*, par Israël Silvestre, XVIIᵉ siècle. Ballet dansé au milieu du grand étang et dans le palais enchanté. Estampe, 27,5 × 42 cm. Châteaux de Versailles et de Trianon, Versailles. Photo © RMN – G. Blot.

185. Finale des *Plaisirs de l'Île enchantée*, par Israël Silvestre, XVIIᵉ siècle. Feu d'artifice donné depuis l'île d'Alcine. Estampe, 28,5 × 42,8 cm. Châteaux de Versailles et de Trianon, Versailles. Photo © RMN-G. Blot.

186. Geneviève Casile (Princesse d'Élide) et Bernard Dhéran (Iphitas) dans *Les Plaisirs de l'Île enchantée*, chorégraphie de Maurice Béjart, *Comédie-Française*, 1980. Bibliothèque de la *Comédie-Française*, Paris. Photo © C. F. – M. Léa.

187. *La Princesse d'Élide*, 2006 [mise en scène de Jean-Hervé Appéré, *Théâtre des Béliers*]. Photo © Cit'en scène – P. Poirier.

188. Jean-Louis Barrault (Moron) dans *La Princesse d'Élide*, *Comédie-Française*, 1946. Photo © Studio Lipnitzki – Roger-Viollet.

189. Registre de La Grange : la troupe joue les trois premiers actes du *Tartuffe* en 1664. Bibliothèque de la *Comédie-Française*, Paris. Photo © C. F. – P. Lorette.

190. *Le Tartuffe ou l'Imposteur*, Paris, Éditions sociales, 1958, « Les Classiques du peuple ». Coll. part., Paris. Photo © DR.

191. *Le Tartuffe*, anonyme, XIXᵉ siècle. Crayon, 47 × 38 cm. Bibliothèque de la *Comédie-Française*, Paris. Photo © C. F. – P. Lorette.

192. *Hardouin de Beaumont de Péréfixe*, archevêque de Paris, par Robert Nanteuil, 1665. Estampe, 27,5 × 21,5 cm. Châteaux de Versailles et de Trianon, Versailles. Photo © RMN – G. Blot.

193. Emil Jannings dans *Tartuff*, film de F. W. Murnau, Allemagne, 1925. Photo © AKG-images.

194. Louis Jouvet (Dom Juan) et Fernand René (Sganarelle) dans *Dom Juan*, *Théâtre de l'Athénée*, 1947. Photo © Studio Lipnitzki – Roger-Viollet.

195. L'interdiction du *Tartuffe*. *La Gazette*, nº 59, Paris, 17 mai 1664. Tirée du *Recueil des Gazettes*, Paris, 1665, Bibliothèque de l'Arsenal, Paris. Photo F. Rey.

196. Alla Demidova en Elmire, dans *Le Tartuffe*, au théâtre de la *Taganka* de Moscou, 1969. Photo © AKG-images – RIA Novosti.

197. Maquette de costume de Tartuffe, par Jacques Le Marquet, 1980. Feutre, 39,7 × 29 cm. Bibliothèque de la *Comédie-Française*, Paris. Photo © C. F.

198. Cécile Sorel dans le rôle d'Elmire (*Le Tartuffe*). Maquette du costume, par Charles Bétout, vers 1920. Aquarelle, 32,8 × 24,3 cm. Coll. Lorcey. Photo J. Faujour/Éd. Gallimard © Bétout.

199. Bien avant l'invention de Molière

existait déjà l'image satirique de *La Tartufe*, par Jacques Lagnet, vers 1650. Estampe, 11 × 8 cm. Bibliothèque de l'Arsenal, Paris. Photo © BNF.

200. Armande Béjart, en Elmire, dans *Le Tartuffe*, par Hippolyte Lecomte, XIXe siècle. Lithographie en couleurs. Bibliothèque de l'Arsenal, Paris. Photo © BNF.

201. *Le cardinal Chigi reçu en grande audience par Louis XIV à Fontainebleau le 29 juillet 1664*, atelier de Jean Lefebvre, XVIIe siècle. Tapisserie, 512 × 725 cm. Musée du Louvre, Paris. Photo © RMN – D. Arnaudet.

202. *Entrée du cardinal Chigi à Paris le 9 août 1664*. Gravure. Bibliothèque nationale de France, Paris. Photo © BNF.

203. *Promenade en carrosse à Fontainebleau*, école française, XVIIe siècle. Probablement Monsieur, frère du roi, et sa nouvelle épouse, Élisabeth-Charlotte de Bavière, *dite* Madame Palatine. Huile sur toile, 54 × 61 cm. Château, Fontainebleau. Photo © RMN – G. Blot.

204. *Dom Juan et les paysannes*, par Adolphe Lalauze, 1874. Crayon rehaussé de gouache, 28 × 20 cm. Étude préparatoire pour une suite de 34 gravures illustrant les *Œuvres* de Molière, 1875. Coll. Lorcey. Photo J. Faujour/Éd. Gallimard © J. L.

205. Esquisse du décor de *Dom Juan*, par Christian Bérard, 1947 [mise en scène de Louis Jouvet]. Crayon, encre et pastel. Bibliothèque nationale de France, Paris. Photo © AKG-images.

206. Le *Dom Juan* de Molière a inspiré des écrivains, tel Henri-Pierre Roché : *Don Juan et...* (1920). Illustration par le peintre Wols, vers 1940-1945. Plume et aquarelle. Coll. part. Photo © Bridgeman Giraudon – DACS.

207. Il a également inspiré des compositeurs, tel Mozart. Tournage de *Don Giovanni*, film de Joseph Losey, Italie, 1978. Photo © J.-R. Roustan – Roger-Viollet.

208. Statue du Commandeur, dans *Dom Juan, Théâtre de l'Athénée*, 1947. Photo © Studio Lipnitzki – Roger-Viollet.

209. Illustration de *Dom Juan* dans les *Œuvres complètes*, Paris, Laplace, Sanchez et Cie, 1885. Lithographie coloriée. Archiv für Kunst und Geschichte, Berlin. Photo © AKG-images.

210. Projet de costume de Dom Carlos, personnage de *Dom Juan ou le Festin de pierre*, par Alexandre Golovine, 1910. Aquarelle. Musée national russe, Saint-Pétersbourg. Photo © AKG-images.

211. *Souper galant*, par Jean Le Clerc, 1621. Lavis et sanguine, 22 × 20 cm. Musée des Beaux-Arts, Rennes. Photo © MBA, Rennes, Dist. RMN – L. Deschamps.

212. « *Il n'est rien d'égal au tabac* », récite Sganarelle dans sa longue tirade, au début de la première scène. *Le Fumeur*, par Joos van Craesbeeck, XVIIe siècle. Huile sur toile, 41,5 × 32 cm. Musée du Louvre, Paris. Photo © RMN – T. Ollivier.

213. *La Charmante Tabagie*, par Nicolas Arnoult, XVIIe siècle. Estampe, tirée du recueil *Coutumes du règne de Louis XIV*. Bibliothèque nationale de France, Paris. Photo © BNF.

214. Didier Sandre (Dom Juan) et Agathe Alexis (Charlotte) dans *Dom Juan*, 1973 [mise en scène de Bernard Sobel, *Théâtre de Gennevilliers*]. Photo © Bricage – 1D-photo.

215. Frontispice de *Dom Juan ou le Festin de pierre*, d'après Brissart, 1682. Gravure tirée des *Œuvres*, Paris, chez Denys Thierry, Claude Bardin et Pierre Trabouillet, 1682. Bibliothèque nationale de France, Paris. Photo © BNF.

216. Marcel Maréchal (Sganarelle) dans *Dom Juan*, 1969 [mise en scène de Patrice Chéreau, *Théâtre Huitième*,

Lyon]. Phot © Bricage – 1D-photo.
217. Décor de *Dom Juan*, par Alexandre Golovine, 1910. Gouache, 73 × 114 cm. Musée national russe, Saint-Pétersbourg. Phot © AKG-images.
218. Décor de *Dom Juan*, par Gerd Hartung, 1978 [mise en scène de Patrick Guinand, *Schiller-Theater*, Berlin]. Feutre, 21 × 29 cm. Coll. part. Photo © AKG-images – G. Hartung.
219. *Daniel Sorano dans* Sganarelle *(Dom Juan, TNP)*, par Jan Mara, 1953. Encre de Chine, 28 × 16 cm. Coll. Lorcey. Photo J. Faujour/Éd. Gallimard © Mara.
220. *Le Vray Portrait de Mr de Molière en habit de Sganarelle*, par Claude Simonin, XVIIe siècle. Gravure, 25,9 × 20,5 cm. Bibliothèque nationale de France, Paris. Photo © RMN – Agence Bulloz.
221. *Le Janssenisme foudroyé*, par Albert Flamen, 1653. Estampe. Musée de Port-Royal des Champs, Magny-les-Hameaux. Photo © RMN – T. Ollivier.
222. *Le Roy Soleil*, parfum de Schiaparelli et flacon de Salvador Dalí. Publicité de 1946. Photo © Kharbine-Tapabor.
223. *La Troupe du Roy*, par André Lebon, 1973. Encre de Chine, 22 × 49 cm. Caricatures des comédiens français : Paul-Émile Deiber (Molière), Jacques Toja (La Grange), Michel Duchaussoy (Géronte), Michel Aumont (Harpagon), Françoise Seigner (Toinette), Jacques Charon (Argan), Robert Hirsch (Tartuffe), Denise Gence (Bélise), Jean-Paul Roussillon (Dandin), Jacques Eyser (Anselme). Coll. Lorcey. Photo J. Faujour/Éd. Gallimard © Lebon.
224. Benoît Magimel dans *Le Roi danse*, film de Gérard Corbiau, 2000. Photo © Rue des Archives – Coll. CSFF.
225. Frontispice de *L'Amour médecin*, d'après Pierre Brissart, 1682. Gravure tirée des *Œuvres*, Paris, chez Denys Thierry, Claude Bardin et Pierre Trabouillet, 1682. Bibliothèque nationale de France, Paris. Photo © BNF.
226. Registre de La Grange : pièces données par la troupe en 1665-1666 et la mort de la reine mère. Bibliothèque de la *Comédie-Française*, Paris. Photo © C. F. – P. Lorette.
227. *L'Amour médecin*, par Jean Effel, années 1950. Illustration 23 × 16 cm, tirée d'un série offerte par les pharmacies. Coll. Lorcey. Photo J. Faujour/Éd. Gallimard © Effel.
228. Couverture de *L'Instrument de Molière*, par Régnier de Graaf, Paris, chez Morgand et Fatout, 1878. Coll. F. Rey. Photo © F. R.
229. *Buste de Molière*, par Jean-Jacques Caffieri, vers 1778. Bronze doré, ht. 72 cm. Coll. Éric et Jacques Lorcey. Photo J. Faujour/Éd. Gallimard © J. L.
230. *Le Malade imaginaire : Ronde des médecins autour de Sa Majesté le Clystère*, par Félix Lorioux, vers 1927. Illustration, 32 × 25 cm, tirée de l'album publié par la Librairie Hachette, 1928. Coll. Lorcey. Photo J. Faujour/Éd. Gallimard © Lorioux.
231. *Mistinguett et Lugné[-Poe] dans « Tartuffe »*, par Lucien Laforge. Illustration tirée du *Canard enchaîné*, juillet 1918. Photo © Selva – Leemage.
232. Monsieur Môle dans le rôle d'Alceste, par Hippolyte Lecomte, 1825. Tiré du recueil *Costumes de théâtre de 1670 à 1820*, Paris, chez Delpech. Bibliothèque nationale de France, Paris. Photo © BNF.
233. Frontispice d'*Alexandre le Grand*, par Hubert Gravelot. Estampe tirée des *Œuvres* de Jean Racine, Paris, 1768. Petit Palais, Musée des Beaux-Arts de la Ville de Paris, Paris. Photo © Petit Palais – Roger-Viollet.
234. *Portrait présumé d'Armande Béjart*, école française, XVIIe siècle. Gouache, 18,4 × 14,5 cm. Musée des

Arts décoratifs, Paris. Photo © MP – Leemage.

235. *Christine de Suède*, par Sébastien Bourdon, 1653. Huile sur toile, 72 × 58 cm. Musée national, Stockholm. Photo © AKG-images.

236. Frontispice et page de titre du *Tartuffe*, Paris, chez Charles Hingray, 1844. Photo © Selva – Leemage.

237. Louis Jouvet dans *Le Tartuffe*, par Jan Mara, vers 1950. Encre de Chine, 52 × 26 cm. Coll. Lorcey. Photo © J. Faujour/Éd. Gallimard © Mara.

238. *Hugues de Lionne*, par Nicolas de Larmessin, Paris, chez Bertrand, 1664. Estampe. Bibliothèque de l'Arsenal, Paris. Photo F. Rey.

239. Frontispice et page de titre du *Misanthrope*, Paris, chez Jean Ribou, 1667. Photo © Fototeca – Leemage.

240. *Buste de Molière*, d'après Jean-Antoine Houdon, XIXe siècle. Cachet ayant appartenu à Marcel Achard. Réduction en bronze, 7 cm, par la société Barbedienne. Coll. Lorcey. Photo © J. Faujour/Éd. Gallimard © J. L.

241. *Molière lisant* Le Misanthrope *à l'auberge du Mouton Blanc, à Auteuil, en 1666*. Gravure colorisée de la décoration de l'auberge faite en 1900. Photo © Roger-Viollet.

242. *Les Œuvres de Monsieur Molière* en 7 volumes, Paris, chez Guillaume de Luynes, 1673. Bibliothèque nationale de France, Paris. Photo © BNF.

243. Exposition du 3e centenaire de la mort de Molière, par Raymond Savignac, 1973. Affiche, 60 × 40 cm, pour l'exposition présentée à Paris, au musée des Arts décoratifs, du 18 octobre 1973 au 7 janvier 1974. Coll. Lorcey. Photo J. Faujour/Éd. Gallimard © Savignac.

244. Costume de Môme (ou Momus), pour *Psyché*, par Henry Gissey, 1671. Dessin. Nationalmuseum, Tessin Collection, Stockholm. Photo © Nationalmuseum.

245. Danièle Lebrun (Célimène) et Michel Piccoli (Alceste) dans *Le Misanthrope*, Paris, *Théâtre de la Ville*, 1969. Photo © Rue des Archives – AGIP.

246. Charles Laughton en Sganarelle dans *Le Médecin malgré lui*, 1935. Couverture de *Vu*, présentant le gala Jacques Guilhène, *Comédie-Française*. Photo © Selva – Leemage.

247. Frontispice et page de titre du *Sicilien ou l'Amour peintre*, Bruxelles, chez Georges de Backer, 1694. Gravure de Jacques Harrewyn. Photo © Vav - Kharbine-Tapabor.

248. *Mélicerte*, de Jan Punt, 1740. Gravure, 14,5 × 11,5 cm, d'après une composition de François Boucher, pour l'édition des *Œuvres*, Amsterdam, 1741, et aquarellée à la main. Coll. Lorcey. Photo J. Faujour/Éd. Gallimard © J. L.

249. Couverture de partition du *Médecin malgré lui*, d'après Molière : opéra de Charles Gounod, quadrille pour le piano de Camille Schubert. Gravure de Victor Coindre, Paris, chez M. Moucelot, 1858. Archiv für Kunst und Geschichte, Berlin. Photo © AKG-images.

250. *Attila, roi des Huns*, par Eugène Delacroix, XIXe siècle. Aquarelle, 22,5 × 27 cm. Musée Condé, Chantilly. Photo © Bridgeman Giraudon.

251. *Scène de Molière*, par Maurice Sand, XIXe siècle. Aquarelle. Musée de la Vie romantique, Paris. Photo © Musée de la Vie romantique – Roger-Viollet.

252. *Guerre de Dévolution. Entrée de Louis XIV à Douai*, par Adam Frans van der Meulen, XVIIe siècle. Sanguine, 17,9 × 47 cm. Musée Condé, Chantilly. Photo © RMN – R.-G. Ojéda.

253. *Représentation d'une comédie de Molière au Camp des Français Libres* (Angleterre), par Maurice van Moppès,

1942. Encre, lavis et gouache, 25 × 35,9 cm. Musée national d'Art moderne, Centre Georges Pompidou, Paris. Photo © Centre Georges Pompidou. Dist. RMN – DR.

254. *Guillaume de Lamoignon, président du Parlement*, par Philippe Lallemant, d'après Philippe de Champaigne, 1671. Huile sur toile, 142 × 118 cm. Châteaux de Versailles et de Trianon, Versailles. Photo © RMN – G. Blot.

255. *L'Imposteur*, par George Scott, vers 1906. Dessin, 48 × 32 cm. Étude pour le frontispice de *La Comédie-Française*, par Frédéric Loliée, chez Laveur, 1907. Coll. Lorcey. Photo J. Faujour/Éd. Gallimard © Scott.

256. Jean Richard jouant Tartuffe dans *Si Versailles m'était conté*, film de Sacha Guitry, 14 juillet 1953. Photo © Rue des Archives – AGIP.

257. Mandement de l'archevêque de Paris, Hardouin de Péréfixe, contre *L'Imposteur*, 11 août 1667. Bibliothèque nationale de France, Paris. Photo © AKG-images.

258. Registre de La Grange concernant l'interdiction du second *Tartuffe* en août 1667. Bibliothèque de la *Comédie-Française*, Paris. Photo © C. F. – Charmet.

259. La Grange et La Thorillière auprès de Louis XIV (en réalité, Monsieur) au siège de Lille en 1667, par J. P. Le Bert, XVIIIe siècle. Gravure. Bibliothèque de la *Comédie-Française*, Paris. Photo © C. F.

260. Mounet-Sully (Jupiter), Edmont Got (Mercure)… et Jules Laroche (Amphitryon) dans *Amphitryon*, *Comédie-Française*, 1877. Bibliothèque de la *Comédie-Française*, Paris. Photo © C. F.

261. *Amphitryon*, 2008 [mise en scène d'Alexandre Tourneur, *Théâtre du Ranelagh*]. Photo © Cit'en scène – V. Pontet.

262. Page de titre des *Comédies* de Plaute, traduites par M[*ichel*] D[*e*] M[*arolles*], A[*bbé*] D[*e*] V[*illeloin*]. Paris, chez Pierre L'Amy, 1658. Bibliothèque de l'Arsenal, Paris. Photo F. Rey.

263. Décor d'*Amphitryon*, 2002 [mise en scène d'Anatoli Vassiliev, *Comédie-Française*]. Bibliothèque de la *Comédie-Française*, Paris. Photo © C. F. – L. Lot.

264. *Molière et ses comédiens dans* George Dandin, attribué à Charles-Antoine Coypel, vers 1725. Aquarelle, 25 × 49 cm. Sont probablement représentés Molière, Armande Béjart, Catherine de Brie, Du Croisy, Hubert et La Thorillière. Coll. Éric et Jacques Lorcey. Photo J. Faujour/Éd. Gallimard © J. L.

265. Page de partition de *George Dandin* ou *Le Grand Divertissement de Versailles*, composée par Jean-Baptiste Lulli. Retranscription de 1690. Bibliothèque nationale de France, Paris. Photo © BNF.

266. *Cadmus et Hermione*, tragédie en musique de Jean-Baptiste Lulli, 2008 [mise en scène de Benjamin Lazar et direction musicale de Vincent Dumestre, *Opéra-Comique*]. Photo © Rue des Archives – Lebrecht.

267. Page de titre du *Grand Divertissement royal de Versailles*, Paris, chez R. Ballard, 1668. Bibliothèque nationale de France, Paris. Photo © BNF.

268. *Le Cid* et *L'Avare* donnés par le TNP à Saint-Malo, été 1952, dans la cour du château de la duchesse Anne. Affiche de Marcel Jacno, 100 × 120 cm. Coll. Lorcey. Photo J. Faujour/Éd. Gallimard © J. L.

269. *Portrait de Molière*, attribué à Pierre Mignard, XVIIe siècle. Huile sur toile, 60 × 52 cm. Coll. Éric et Jacques Lorcey. Photo J. Faujour/Éd. Gallimard © J. L.

270. *L'Avare*, par Ludvig Jacobsen, 1930. Huile sur toile, 36,5 × 26,5 cm. Photo © AKG-images.

271. Maquette pour *L'Avare*, par Jacques Noël, 1962 [mise en scène

de Jacques Mauclair]. Gouache, 32,5 × 48,8 cm. Bibliothèque de la *Comédie-Française*, Paris. Photo © C. F.

272. Georges Chamarat en Harpagon, par Germaine Lacaze, vers 1960. Encre. Bibliothèque de la *Comédie-Française*, Paris. Photo © C. F.

273. Louis de Funès dans *L'Avare*, film de Jean Girault, 1980. Affiche de Ferracci, 160 × 120 cm, imprimerie Lalande/Courbet. Coll. Lorcey. Photo J. Faujour/Éd. Gallimard © Films Christian Fechner.

274. Charles Dullin en Harpagon, dans *L'Avare*, *Théâtre de l'Atelier*, 1943. Photo © André Zucca – Roger-Viollet.

275. Jean Vilar en Harpagon, dans *L'Avare*, Festival du Marais, Hôtel de Rohan, 1966. Photo © Rue des Archives – AGIP.

276. Michel Aumont (Harpagon), dans *L'Avare*, avec son metteur en scène Jean-Paul Roussillon, 1969. Bibliothèque de la *Comédie-Française*, Paris. Photo © C. F. – C. Angelini.

277. Jeanne Moreau (Elmire) et Fernand Ledoux (Tartuffe), *Comédie-Française*, 1951. Photo © Rue des Archives – AGIP.

278. *Le Tartuffe*, par Johann Georg Ziesenis, XVIIIe siècle. Encre, lavis et aquarelle. Bibliothèque nationale de France, Paris. Photo © BNF.

279. Page de titre du *Tartuffe ou l'Imposteur*, Paris, chez Jean Ribou, 1669, « *imprimé* » à compte d'auteur. Bibliothèque nationale de France, Paris. Photo © BNF.

280. Réclame pour un médicament, parue dans *L'Illustration*, janvier 1916. Photo © Gusman – Leemage.

281. Rencontre imaginaire : *Molière reçu par Louis XIV*, par Jean-Hégésippe Vetter, vers 1864. Huile sur toile, 63 × 89 cm. Sénat-Palais du Luxembourg, Paris. Photo © RMN – DR.

282. Scène des *Amans magnifiques*, gravure de Jan Punt, 1740, d'après une composition de François Boucher, pour l'édition des *Œuvres*, Amsterdam, 1741. Photo © Costa – Leemage.

283. Léon Bernard dans *Monsieur de Pourceaugnac*, caricature de Bib. Gouache, 51 × 37,2 cm. Bibliothèque de la *Comédie-Française*, Paris. Photo © C. F.

284. *Monsieur de Pourceaugnac*, par Émile Bayard, vers 1860. Aquarelle, 28 × 20 cm. Étude préparatoire pour les *Œuvres* de Molière, vers 1865. Coll. Lorcey. Photo J. Faujour/Éd. Gallimard © J. L.

285. Michel Galabru dans *Le Bourgeois gentilhomme*, film de Roger Coggio, 1982. Affiche de Landi, 120 × 80 cm, imprimerie Lalande/Courbet. Coll. Lorcey. Photo J. Faujour/Éd. Gallimard © Film Epoc.

286. Denis d'Inès (maître de philosophie) et Louis Seigner (Monsieur Jourdain) dans *Le Bourgeois gentilhomme*, 1951 [mise en scène de Jean Meyer, *Comédie-Française*]. Bibliothèque de la *Comédie-Française*, Paris. Photo © C. F.

287. Fabrice Luchini (Monsieur Jourdain) et Arié Elmaleh (maître de danse) dans le film *Molière* de Laurent Tirard, 2007. Photo © Fidélité Productions – Kobal – J.-M. Leroy.

288. Couverture du *Bourgeois gentilhomme*, Paris, Delagrave, 1883, « Classiques Français ». Coll. A. Egger.

289. Couverture du *Bourgeois gentilhomme*, Paris, Bordas, 1963, PCB. Coll. A. Egger.

290. *Arlequin chez les Turcs*, XVIIe siècle. Lithographie, 40 × 53 cm. Châteaux de Versailles et de Trianon, Versailles. Photo © RMN – DR.

291. Partition du *Bourgeois gentilhomme*, 1671, tiré du recueil *Consiliorum Do. Francischini Curli junioris. Lugduni : apud heredes J. Juntae.* Bibliothèque nationale de France, Paris. Photo © BNF.

292. *Le Jeu du Kwi-Jok* ou *Le Bourgeois gentilhomme*, 2006 [mise en scène d'Éric Vigner, chorégraphie de Yoon Sung Chul, ballet et orchestre national de Corée, *Opéra-Comique*]. Photo © C. Masson – Roger-Viollet.

293. Note manuscrite de Marc-Antoine Charpentier, compositeur de la musique de *Psyché*, lors de sa reprise en 1684. Bibliothèque de la *Comédie-Française*, Paris. Photo © Bridgeman Giraudon – Charmet.

294. Frontispice de *Psyché*, tiré des *Œuvres*, nouvelle éd., Paris, chez Heuqueville père, 1739. Bibliothèque nationale de France, Paris. Photo © BNF.

295. Costume de la muse Uranie, pour *Psyché*, par Henry Gissey, 1671. Nationalmuseum Tessin Collection, Stockholm. Photo © Nationalmuseum.

296. Dans l'avertissement de 1671, « Le Libraire au lecteur » annonce que les paroles de *Psyché* ont été écrites par M. Quinault et une partie des vers par M. Corneille. Tiré des *Œuvres*, tome VII, Paris, chez Guillaume de Luyne, 1673. Bibliothèque nationale de France, Paris. Photo © BNF.

297. *Le Repas de Psyché*, tapisserie, XVIIe siècle. Musée national du château, Pau. Photo © RMN – R.-G. Ojéda.

298. *Les Fourberies de Scapin*, par Eugène Devéria, XIXe siècle. Huile sur toile. Musée des Beaux-Arts, Pau. Photo © Bridgeman Giraudon.

299. Jean-Louis Barrault dans le rôle de Scapin, par Flordavid, 1956. Encre de Chine, 21,5 × 13,5 cm. Musée national d'Art moderne, Centre Georges Pompidou, Paris. Photo © Centre Georges Pompidou – Dist. RMN – DR.

300. Maquette du décor des *Fourberies de Scapin*, par Robert Hirsch, 1956 [mise en scène de Jacques Charon, *Comédie-Française*]. Plume et gouache sur papier, 32,2 × 43 cm. Bibliothèque de la *Comédie-Française*, Paris. Photo © C. F.

301. Maquette du décor des *Fourberies de Scapin*, par Suzanne Lalique, 1952 [mise en scène de Jean Meyer]. Carton et gouache, 35 × 47 × 43 cm. Bibliothèque de la *Comédie-Française*, Paris. Photo © C. F. – P. Lorette.

302. Le tréteau des *Fourberies de Scapin* sur la scène du *Vieux-Colombier*, par A.-E. Marty, 1921 [mise en scène de Jacques Copeau ; costumes et décors d'après Callot]. Bibliothèque de la *Comédie-Française*, Paris. Photo © C. F.

303-304. Couvertures des *Fourberies de Scapin*, publié par les Éditions Gallimard, Paris-New York, Collection du *Vieux-Colombier*, 1917-1918. Photo © Gallimard.

305. Jules Trufier et Marguerite Monceau, *dite* Moreno, *Les Femmes savantes*, par Henri de Toulouse-Lautrec, 1893. Lithographie, 37,5 × 26,5 cm. Photo © AKG-images.

306. Maquette du décor des *Femmes savantes*, par Roger Chapelain-Midy, 1971. Gouache, 45,3 × 58,8 cm. Bibliothèque de la *Comédie-Française*, Paris. Photo © C. F.

307. Rachel Boyer, Louis Leloir, Blanche Pierson, dans *Les Femmes savantes*, vers 1885-1890, *Comédie-Française*. Photo © Costa – Leemage.

308. Décor du *Malade imaginaire*, par Édouard Vuillard, 1912. Huile sur toile. *Théâtre des Champs-Élysées*, Paris. Photo © Angelo – Leemage.

309. *Le Malade imaginaire*, par Félix Lorioux, vers 1927. Couverture, 31 × 23 cm, Paris, Hachette, 1928. Coll. Lorcey. Photo J. Faujour/Éd. Gallimard © Lorioux.

310. Alfred Berliner et Steffi Hinzelmann dans *Le Malade imaginaire*, juillet 1940, Berlin. Représentation de l'Association culturelle juive de Berlin. Photo © Bildarchiv. A. Pisarek – AKG-images.

311. Version espagnole du *Malade ima-*

ginaire, par Juan Vila Casas, 1969 [mise en scène de José Maria Loperena au *Teatro Español* de Madrid]. Photo © Aisa – Leemage.

312. Pierre Forest et Michel Bouquet dans *Le Malade imaginaire*, 2008 [mise en scène de Georges Werler, *Théâtre de la Porte-Saint-Martin*]. Photo © Cit'en scène – P. Poirier.

313. Muriel Mayette (Toinette), Isabelle Gardien (Béline) et Alain Pralon (Argan) dans *Le Malade imaginaire*, 2005 [mise en scène de Claude Stratz, *Comédie-Française*]. Bibliothèque de la *Comédie-Française*, Paris. Photo © C. F. C. M. Magliocca.

314. *Mort de Molière*, anonyme, XIXe siècle. Bibliothèque de la *Comédie-Française*, Paris. Photo © C. F. – P. Lorette.

315. *Le Malade imaginaire faisant le Mort pour éprouver l'Amitié de sa Femme.* Almanach de l'année 1680, Paris, chez N. Langlois. Bibliothèque de la *Comédie-Française*, Paris. Photo © C. F.

316. Première tournée officielle de la *Comédie-Française* à Moscou et à Leningrad en 1954. Médaille commémorative de Raymond Delamarre. Bronze, diam. 6,7 cm, Hôtel des Monnaies, Paris. Coll. Lorcey. Photo J. Faujour/Éd. Gallimard © Delamarre.

317. Ernest Coquelin (cadet) dans *Le Malade imaginaire*, par Léopold-Bernard Bernstamm, XXe siècle. Bronze, 37 × 16,4 × 23,8 cm. Musée d'Orsay, Paris. Photo © RMN (Musée d'Orsay) – T. Ollivier.

318. Registre de La Grange évoquant la mort de Molière, 17 février 1673. Bibliothèque de la *Comédie-Française*, Paris. Photo © C. F. – Charmet.

319. Page de titre de l'édition russe de *La Vie de Monsieur de Molière*, par Mikhaïl Boulgakov, Moscou, 1962. Coll. part. Photo © F. R.

320. Page de titre des *Œuvres posthumes*, tome VII, Paris, chez Denys Thierry, Claude Barbin, Pierre Trabouillet, 1682. Photo © Vav – Kharbine-Tapabor.

321. Extrait du procès-verbal autographe de l'exhumation des corps de Molière et de La Fontaine, décidée par le Comité civil de Paris, le 6 juillet 1792, pour leur offrir des monuments « *dignes de respect* ». Transférés du cimetière des Innocents à la mairie du IIIe arrondissement avant de trouver place, bien plus tard, au Père-Lachaise. Coll. Lorcey. Photo J. Faujour/Éd. Gallimard © J. L.

322. Statue de Molière à l'entrée de l'*Opéra* d'Avignon, par Jean-Pierre Gras, XXe siècle. Photo © Cit'en scène – R. Senera.

323. Affiche-colonne de la *Comédie-Française, Tri-Centenaire de Molière, Paris, 1680-1922*. Bibliothèque de la *Comédie-Française*, Paris. Photo © C. F. – Charmet.

324. Finale du *Malade imaginaire*, par Félix Lorioux, 1928. Planche en couleurs, 30 × 23 cm, tirée de l'album édité à Paris, Hachette, 1928. Coll. Éric et Jacques Lorcey. Photo J. Faujour/Éd. Gallimard © Lorioux.

INDEX

DES NOMS DE PERSONNES, DE PERSONNAGES ET D'ŒUVRES CITÉS

Les chiffres renvoient aux pages (en romain pour le texte, en italique pour les légendes).

Personnages des pièces

Ce quarante-neuvième album de la Pléiade
a été mis en pages par Isabelle Flamigni.
Recherche iconographique, Anne Egger.
La photocomposition des textes a été réalisée
par Interligne, à Loncin.
La photogravure a été réalisée par Turquoise (Emerainville).
Il a été achevé d'imprimer le 17 mars 2010
sur les presses de l'Imprimerie Clerc
et tiré sur Chromomat 100 grammes
des Papeteries Prioux.

La reliure de l'édition originale
a été exécutée par Babouot à Lagny,
en pleine peau dorée à l'or fin 23 carats.

Dépôt légal : mars 2010
Imprimé en France.

978.2.07.012234-9